LA PAULEE

Boulevard Sauce Vigneronne

une pièce d'Eric CESAREVICH
d'après une idée originale d'Eric CESAREVICH et Gérald CHARLIN

initialement jouée au Théâtre de Beaune
par la troupe 'ados' de la Comédie des Remparts de Beaune
le 30.05.2015
mise en scène de Gérald CHARLIN

Prologue

Buveur 1, *un verre de pastis à la main :* Moi, ce qui me plaît dans le pastis, c'est que ça me rappelle les vacances !

Buveur 2, *un verre de rouge à la main :* Moi ce qui me plaît dans le vin, c'est que ça me rappelle le terroir !

Buveur 1 : Bouah ! Du raisin fermenté, oui ! Quand je pense à "rouge", je vois un vieux papy avec son litron, c'est élégant !

Buveur 2 : T'y comprends rien ! Le vin, le vrai, c'est un savoir-faire ! C'est aussi la terre, le coteau caressé par les rayons du soleil !

Buveur 1 : Foutaise, c'est de l'alcool, point barre ! Ça te chauffe de l'intérieur, mais tu te racontes des histoires ! Moi, je sens pas la différence entre tes vins ! Au moins le pastis c'est toujours bon, 'faut juste pas mettre trop d'eau !

Buveur 2 : C'est parce que t'es pas éduqué ! Un palais, ça s'éduque ! T'es comme un enfant ! Il voit quelque chose, ben, il dit pa-pa-pa pour tout, mais au fur et à mesure que tu lui donnes des mots pour définir les choses, il distingue, il nuance ! Faut t'éduquer !

Buveur 1 : Moi je crois pas à l'école et à l'éducation. On te fait croire qu'on t'ouvre les yeux sur tout et puis au final, tu vois comme tout le monde, t'es for-ma-té !

Buveur 2 : L'école et le vin, c'est comme la vie. On te donne des outils, après c'est à toi de te faire ton opinion. Quand tu sais comment déguster, après tu peux comparer, et dans le vin, t'as des centaines de choix !

Buveur 1 : Bah peut-être qu'il faut que tu me donnes des cours alors ! Enfin, tu m'ôteras pas de l'idée que ce qu'on recherche c'est d'abord la chaleur et combler son vide qu'on a là-dedans ! *il montre son coeur.*

Buveur 2 : Ah ben c'est l'être humain qui est comme ça ! Mais tu peux

Edition : BoD - Books on Demand
12/14 rond-point des Champs Elysées, 75008 Paris
Impression : Books on Demand GmbH, Norderstedt, Allemagne
ISBN : 9782322095285
Dépôt légal : juillet 2016

et je rirai avec les mouettes ! Nous aurons une petite maison et j'apprendrai la broderie, je broderai des nappes avec des motifs d'huîtres ! Nous aurons un petit magasin : "Les huîtres Bachot !", et nous vivrons heureux ! Je t'aime !
Ils se prennent dans les bras

François et Françoise, *qui relèvent la tête* : Eh ! Et si on faisait un parc d'attractions !

Ghislaine et Pierrick, *qui se retournent :* ah non !

Rideau et fin de la pièce !

nous sommes fiers d'être Bourguignons !"
Explosion-noir-

Scène 7
univers irréel, corps étendus sur le sol, tout est sans dessus-dessous

Pierrick, *se relevant péniblement* : Ouf ! Tu parles d'une paulée ! *Il entend Ghislaine gémir.*
Ghislaine, Ghislaine ! Ça va ?

Ghislaine : Je crois que oui... Et vous ?

Pierrick : Tu peux me tutoyer.

Ghislaine : Le domaine est détruit, qu'est-ce qu'on va faire ?

Pierrick : Nous sommes libres Ghislaine ! Nous pouvons faire tout ce que nous voulons ! Enfin !

Ghislaine : Oui, enfin tout le monde est mort quand même !

Pierrick : Mais non ! Ils vont se relever dans deux minutes pour le salut !

Ghislaine : Ah ! Qu'est-ce qu'on fait en attendant ?

Pierrick : Tu te rappelles, l'Ile d'Oléron, il y a onze ans ? Onze ans que j'en rêve ! Enfin pouvoir vivre ma vie, sans avoir à rendre de compte à personne ! Sans ma mère qui me dicte ma conduite ! Sans ma femme qui me méprise, sans ma fille qui me juge, "et pourquoi tu fais ça?" "et pourquoi tu fais pas ça ?". Libres, enfin libres ! Je veux aller monter mon commerce d'huîtres sur l'Ile d'Oléron ! Je veux que tu m'accompagnes Ghislaine ! Je t'aime !

Ghislaine : Oh Pierrick ! Je t'attendrai sur la berge, au soleil couchant,

nombre de tartines que tu peux faire avec !

Tous : Résiste !

Grand Mère : Cette petite couche de gras fondante !

Tous : Résiste !

Grand-Mère : Miam ! Miam ! Le pâté !

Tous, *alors qu'll va céder* : Non !

Bebet Balot, *qui se ressaisit, digne* **:** Votre chantage ne m'intéresse pas ! Et vu la marque, c'est du pâté de cheval, un débutant ne s'y laisserait pas prendre !

Tous : Bravo Bebet Balot ! *Il la toise triomphant, va pour se retourner*

Grand Mère : Et ça Bebet Balot… est-ce que ce ne serait pas… ta chaussure ! *elle la brandit en l'air.*

En un rien de temps Bebet Balot court vers la grand mère, échange la chaussure contre le briquet, s'isole dans un coin et glisse un morceau de fromage dans son soulier.

Bebet Balot, *satisfait* **:** Ah ! Ma p'tite chaussure !

Grand Mère : Cette fois-ci c'est la bonne ! Pierre j'arrive ! *Elle allume la mèche.*

Pierrick : Messieurs, mesdames, 1, 2 !

Tous, *au garde à vous* **:** "Et nous sommes fiers, et nous sommes fiers, et

bien envoyée en maison de retraite pour qu'elle cause de dentier avec d'autres culs ridés ! Et puis on va la voir pour son anniversaire et à Noël, on lui offre une boîte de chocolats, on lui demande de signer un chèque, on l'écoute dire que c'était mieux avant, et on lui dit à l'année prochaine ! Eh ben elle est plus maline que vous la grand-mère ! Reculez ! Oui, c'était mieux avant ! On vendangeait à la bougie jusqu'à trois heures du matin, et on se levait à quatre heures, on arrachait les grappes de raisin avec les dents, mais maintenant il leur faut un sécateur qui coupe ! Bande d'assistés ! Et puis ça y est, deux chinois débarquent, et on revend ! T'entends Pierre ! Le Général de Gaulle, il aurait pas permis ça ! Parce que le Général de Gaulle, il avait des valeurs lui ! Il a fait la Guerre de Cent ans, lui au moins ! Vous savez tenir une baïonette vous ? Non, vous savez pas ! Vous allez à l'école pour apprendre à tenir un stylo ! Et vous pensez que vous allez repousser les Anglais à la frontière avec un Bic ? Reculez ! Vous attendez tous que je parte en fumée ! Eh ben y'a pas de fumée sans feu ! On va tous goûter le cocktail à Grand-Mère !
Elle sort de sa poche un briquet, et le brandit en l'air, Bebet Balot, le subtilise par derrière et s'écarte.

Alain et Ginette : Bravo Bebet Balot !

Grand-Mère : Rend-moi ça, Bebet Balot !

Bebet Balot : Non madame Bachot ! C'est pas bien ce que vous faites !

Les trois miss : Oh ! Quel héros !

Grand-mère : Rend-moi ça ou je te fais sauter la cervelle !

Bebet Balot : J'en ai pas !

Grand-Mère, *qui prend une boîte de pâté* : Je t'échange ces rillettes contre le briquet ! Réflechis bien !
Tous : Résiste !

Grand-Mère : Regarde bien cette boîte toute neuve ! Tu imagines le

Bathilda : Arrête grand-mère ! le domaine ne va pas être vendu !

Kilian : Oui ! Les ouvriers le rachètent !
La grand mère sort un pistolet

Grand-Mère : Reculez ! Reculez tous ! Je vous connais, vous êtes laissés endormir par leurs chinoiseries ! Le domaine n'ira à personne, je vais tout faire péter !

Radegonde : Je crois que je ne me sens pas bien ! *Elle s'évanouit dans les bras de Pinard*

Pinard Pavot : Radegonde !

Pauline : Eh ! mais ce sont nos lacets !

Aglaé : Ah ben oui, on dirait bien !

Grand Mère : Reculez !

Samantha, *qui se cache derrière ses deux amies* **:** Faut faire quelque chose ! Allez les miss !

Natacha : Arrête avec ton surnom débile, mois je m'appelle Natacha !

Sabrina : Ouais, tu te plains de pas être assez en avant, eh ben vas-y maintenant !

Samantha : Non, sans façon !

Grand-Mère, *qui s'adresse au ciel* : Ah ! Mon Pierre ! Tu serais fier de ta Pierrette ! Tu vois ce qu'ils ont fait du monde ces jeunes cons ! Tous des vendus ! Ah ! On pense que la grand-mère, elle est sénile, qu'elle va rester tranquillement dans son coin à regarder Julien Lepers ! On l'aurait

Woldek : Mais qui ?

Chan Fu : La Grand-grand, la grand-mère hystérique !

la voix google : Elle veut nous faire la peau !

Woldek : Pierrette ? Elle tient à peine sur ses jambes !

Pawel : Ah ! Elle devait venir pour faire goûter son vin à l'éthanol ! Elle a dû abuser un peu sur les doses !

Touriste Chinois : Pas du tout ! Vous n'y êtes pas !

La voix google et Chan Fu : C'est elle !
Entre la Grand Mère, avec une bombe confectionnée maison, à base de bouteilles remplies d'éthanol, et une immense mèche composée de lacets attachés entre eux

Grand Mère : Nous y voilà ! Prêts pour le feu d'artifice ?

Chinois et voix google : Au secours !

Pierrick : Mais maman ! Qu'est-ce que c'est que ça ?

Grand Mère : Cocktail à l'éthanol ! La bombe à grand mère ! Je vais tout faire péter ! Boum !

François Bodriot : C'est insensé ! *il va pour s'enfuir en courant*

Françoise Bodriat, *qui le retient* : François, protégez-moi !

Samantha : Et les Polonais peuvent toucher du public en *Polone !*

Pierrick : De toute façon, on n'a plus rien à perdre... J'accepte à condition que Ghislaine nous accompagne dans le projet... Vous m'avez touché toute à l'heure, merci d'avoir parlé.

Ghislaine : On peut toujours se tromper, mais rien ne change si l'on se tait. Carlos, ton poème était très beau, mais malheureusement, je n'aime pas la morue !

Carlos : Tant pis !

Paulinee et Georgette : Nous, on adore ça !

Carlos, *reprenant espoir* : C'est vrai ? J'en ai plein de boîtes à la maison !

Kilian : Et toi, Bathilda, tu pourras faire un documentaire sur le nouveau projet !

Bathilda : Après la dcadence, l'espoir, ça me va ! Mais j'aurais besoin d'un chef opérator, si tu as un peu de temps libre...

Qi : Vive la Bourgogne !

Scène 6
les deux chinois et la voix google entrent en courant

Les trois, *qui se cachent derrière les Polonais* : Au secours !

Pawel : Qu'est-ce qu'il vous arrive ?

Le touriste chinois : elle a-a, elle arrive !

Pauline : On garde votre nom Monsieur Bachot ! Vous êtes actionnaires comme nous, mais on se sert tous les coudes !

Aglaé : Et puis des verres de temps en temps !

Pauline : Et puis même toi Qi, tu peux rester, tu travailles bien en plus !

Qi : Caramba ! Oh ben, c'est gentil ! Je crois que je vais pleurer, vous êtes une vraie famille !

Françoise Bodriat : Mais c'est quand même la crise !

Aglaé : Mais à plusieurs on est plus fort ! Partout les propriétaires revendent parce qu'ils ne s'en sortent plus financièrement, mais on va créer un réseau avec les autres ouvriers pour racheter les domaines !

Pauline : Et on va tous se regrouper ! Et on pourra raisonner les prix et être plus compétitifs ! Et on partagera équitablement ! Les gains, et les coups durs !

François Bodriot : C'est complètement utopiste, ça ne marchera jamais, vous vivez dans votre bulle !

Pinard Pavot : Tant qu'il y a la qualité... L'Eglise a eu le monopole sur les vignes pendant des siècles, et les Vins de Bourgogne étaient réputés partout... certes les Moines de Cîteaux vivaient sobrement, mais tout dépend du niveau de vie que l'on espère ! Radegonde, je pense que vous seriez parfaite en ambassadrice du projet !

Radegonde : Vous croyez ? Mais vous savez, j'ai une équipe avec moi !
Regard en direction des miss

Natacha : En plus, on parle l'asiatique !

Scène 5

Radegonde : Vous êtes fiers de vous ? Tout est fini ! Les Chinois sont partis ! Plus de revente ! Le domaine va sombrer ! Et nous avec !

Pierrick : Tu peux partir aussi, je ne te retiens pas ! Monte à Paris, vis ton rêve avec Monsieur Pavot...

Radegonde : Vous pensez qu'il y a une place pour moi à la Comédie Française, Pinard ?

Pinard Pavot : A vrai dire, ça fait un certain temps que je n'y suis pas allé. J'ai mes entrées parce que je connais la dame au guichet...

Radegonde : Je suis trahie !

François Bodriot : Que vas-tu faire Pierrick ?

Pierrick : Sombrer avec le domaine et ceux qui voudront bien me suivre... Ghislaine ?

Ghislaine : Bien sûr... Mais l'avenir n'est peut-être pas si obscure !

Bathilda : Vrai ! Avec Kilian et les ouvriers, nous avons pensé à une solution !

Kilian : A condition que vous l'acceptiez évidemment... Pauline ?

Pauline : Voilà, Ca fait des années qu'on travaille au domaine, bon on n'a pas des payes de ministre, mais comme on part jamais en vacances, on a mis pas mal d'argent de côté !

Aglaé : On s'est dit avec Carlos et les autres qu'on pourrait tous se cotiser pour racheter le domaine, à part égale,vous voyez !

Chan Fu : Nous ne voulons plus en entendre parler !

Touriste Chinois : D'ailleurs on n'en n'en n'en, d'ailleurs, on n'en'en entend plus parler ! J'arrête le français ! *Blabla en chinois, Les deux Chinois sortent.*

Radegonde, *s'accrochant à leur jambe en vain:* Non ! Ne partez pas !

Bathilda : Vous rêvez d''un monde de clones ! Vous êtes complètement fous ! Nous descendrons dans la rue, nous vous en empêcherons !

Voix Google : Bah ! Vous savez, il y a quelques décennies on a installé des téléviseurs dans chaque foyer pour calmer les esprits et éviter les révoltes, aujourd'hui chacun est tranquillement assis devant son ordinateur, Internet c'est la paix sociale ! Une vidéo de petit chat pour 7 milliards d'êtres humains, et pendant ce temps, on fabrique l'avenir dans nos laboratoires ! Ni vu, ni connu !

François Bodriot : les politiques et les citoyens ne vous laisseront pas faire ! Nous ne voulons pas de votre monde !

Voix Google : Ah ? et comment vous allez vous y prendre ?

Pierrick : à l'ancienne… *s'adressant aux vendangeurs.* Messieurs ! *Ils s'arment de cordes.*

Voix Google : ah non ! pas le ligotage !

Qi : Pour une fois que c'est pas moi !

Voix Google, *qui s'enfuit en courant, poursuivi par les vendangeurs* : Vous ne pouvez pas lutter contre l'avenir ! *depuis les coulisses* : Bande de nases !

Gogole, nous investissons énormément dans la recherche et notre rêve est de prolonger l'espérance de vie ! Une puce par ci, une puce par là, et l'on gagnera dix ans, et pourquoi pas, un jour l'immortalité !

Pauline : Je ne suis pas sûr d'avoir envie de porter ma bosse toute une éternité !

Voix Google : Mais bientôt, mon cher monsieur, il n'y aura plus de souffrance ! Vous serez même obligés de taper le mot dans *Gogole* pour vous rappeler de la définition ! ahah !

Kilian : Vous ne pourrez pas empêcher les conflits et les guerres.

Voix Google : Nous aurons bientôt notre siège à l'ONU, et les pays devront nous obéir ! De toute façon, toute l'information va finir par transiter par nous, et quand on possède l'information, on possède l'avenir ! Ne prenez pas cet air apeuré, ça me gêne ! C'est pour votre bien, vous savez !

Natacha : Je vais pouvoir être belle toute ma vie alors !

Sabrina : Porter du 36 jusqu'à cent ans !

Samantha : Manger du chocolat et ne jamais grossir, toujours être séduisante !

Voix Google : Dans certains cas, on ne peut pas faire de miracle !

Samantha : charmant ! *elle lui met une baffe.*

Voix Google : Je vous dis ça, mais à terme, nous serons capables de modifier le patrimoine génétique, et tout le monde pourra ressembler à qui bon lui semble… Alain Delon ou Brigitte Bardot, hein messieurs ! *clin d'oeil vers les Chinois.*

Voix Google : Ne soyez pas en colère mademoiselle ! C'est une chance pour l'humanité ! Grâce à *Gogole,* le patrimoine humain est enfin sauvegardé… et accessible à tous ! Regardez-vous ! Vous êtes toujours en train de changer d'avis ! Vous revenez sur vos décisions, vous regrettez ensuite ! *Gogole* ne regrette rien, non ! rien de rien ! *Gogole,* c'est la constance ! *Gogole* est votre allié. D'ailleurs, à quoi cela vous sert-il d'avoir une vie privée ? Vous critiquez le capital, mais vous défendez la vie privée ! Ah ! ah ! Vous défendez la propriété privée ! Mais *Gogole*, c'est le communisme à grande échelle ! Tout appartient à tout le monde ! A quoi bon avoir des secrets ? Tenez, prenez Monsieur Pavot : cent-vingt recherches ce mois-ci sur un dictionnaire de rimes en ligne !

Radegonde : C'est vrai ?

Pinard Pavot : Euh… Oui… Je n'aurais pas dit autant…

Voix Google : Monsieur Bodriot : "accepter son côté féminin" : quarante quatre vues !

Françoise Bodriat : Oh ! Comme c'est touchant !

Voix Google : Madame Bodriat : dix-huit recherches : "je suis désagréable, est-ce une maladie ?"

François Bodriot : incurable…

Voix Google : Je vous passe "les plus belles photos de pâté" de Pépé Balot, "comment envahir la France ?" du petit Qi…

Alain : C'est vrai Qi?

Qi ; euh ! c'était avant !

Voix Google :Peu importe ! Comprenez-le : au XXIème siècle, la vie privée est une anomalie ! Par contre, la vie, elle, n'en est pas une ! Chez

je suis chinois – chinois d'cuba -
je suis chinois mais je veux rester là ! Bis

reprise à « je suis allé en Normandie » et refrain ad lib.
Applaudissements

François Bodriot : Bravo ! Si vous cherchez des salles de spectacle, la Région Bourgogne-Rhône-Alpes-Côte d'Azur peut vous subventionner !

Françoise Bodriat : Voici notre carte, j'ai ajouté mon nom au stylo bille !

François Bodriot : Vous avez barré le "o" de Bodriot pour mettre un "a" !

Françoise Bodriat : Peu importe !

Scène 4

Pierrick : Bon ! effacez-moi toutes ces vidéos !

Voix Google : J'en suis navré, mais ça ne va pas être possible !

Ghislaine : Comment ça ?

Voix Google : Les vidéos sont stockées sur *Gogole* et les conditions d'utilisation ont changé ce matin. Tout ce qui est publié sur *Gogole* appartient à *Gogole.*

Bathilda : Vous plaisantez ?

Voix Google : J'ai l'air ?

Bathilda : Non... Pas vraiment...

Qi : Non !

Touriste chinois : pourquoi ça ?

Qi : Parce que...
<u>comédie musicale "je suis chinois"</u>
Je suis né dans un port chinois,
J'ai grandi sur l'île de Cuba
on se moquait d'mes origines
j'avais du riz à la cantine

j'parlais espagnol aux copains
mais ils m'disaient qu'j'parlais pas bien
j'ai du rouler trois mille cigares
et du fréquenter tous les bars,

Mais personne ne voulait de moi – ouah- ouah
alors j'ai pris mon sac à dos wo-wo
et j'suis parti ! Oui ! Oui !

Vers d'autres pays !

Je suis allé en Normandie
mais c'était pas vraiment joli
je suis descendu à Bordeaux
mais c'était pas vraiment très beau
je suis remonté à Paris
mais le ciel était toujours gris
et sur l'île de Bamako
il faisait vraiment trop chaud

Et puis j'ai découvert la Bourgogne...
cadeau du ciel offert par une cigogne !

<u>Refrain :</u>
Je suis chinois, ouah ouah,

Sabrina, *tendant son portable à Samantha* : A toi l'honneur !

Samantha : Tenez, appuyez sur Play !

Natacha : C'est tout ?

Samantha : Qu'est-ce que tu veux que je leur dise ? Je vais pas leur raconter l'histoire de Microsoft !

Voix Google : J'peux vous la raconter si vous voulez !

Les Trois Miss : Non !

Touriste Chinois : Chouette, encore une vidéo !
projection du film montrant Qi ligoté par les vendangeurs le matin même.

Touriste Chinois : C'est un scandale ! Déjà toute à l'heure, la chanson sur le "p'ti chien comme ça" ! Et maintenant nous découvrons comment vous traitez nos compatriotes ! Pauvre petit Qi !

Chan Fu : Jamais nous ne signerons le rachat du domaine, Monsieur Bachot, vous m'entendez Monsieur Bachot, et vous allez entendre parler de nous à l'ambassade !

Pierrick, *absent* : M'en fous !

Personnages contre le rachat, *simultanément*: Ouais !

Personnages pour le rachat, *simultanément* : Non !

Scène 3

Chan Fu : Bon, Qi ! Venez avec nous, nous rentrons en Chine !

Sabrina : Nous sommes les S
silence, les trois cherchent une quatrième personne qui n'existe pas…

Toutes : Nous sommes les S ! Nous sommes les Miss à Puligny !
Ouais !

Sabrina : Messieurs Les Chinois...

Samantha : File-moi ton portable, je vais leur donner, tu parles plus que
moi depuis le début !

Natacha : C'est pas vrai, on a autant de lignes !

Samantha : Ah ouais ? Et toutes les fois, où on cite son prénom ?
"Sabrina, Sabrina, Sabrina."

Sabrina : Eh ben Samantha, Samantha, Samantha, t'es contente ?

Natacha : D'abord c'est vrai que t'as eu un monologue et pas nous !

Sabrina : Pff, à peine une tirade. Parce que j'ai une bonne élocution !

Samantha : Ouais, ben tu verras ta bonne élocution, quand je t'aurai
enlever tes dents !
*Les deux se battent, Natacha essaie de les séparer tant bien que mal,
finissant dans la bagarre, magré elle.*

Natacha : Arrêtez, arrêtez, arrêtez !... On a une vidéo à montrer !

Kilian : Je me rappelais pas de cette chorégraphie dans le plan...
Les trois s'avancent vers les chinois

Aglaé : Pauline ?

Pépé Balot : Mon pâté !
Entrent les trois miss, façon wonderwomen

Sabrina : Tout le monde lâche son conjoint et son pâté !

Natacha : Fini de s'amuser !

Samantha : Nous sommes… Les miss à Puligny ! Ouais !

Sabrina : Partout des injustices !

Samantha : Mais que fait la police ?

Natacha : Voici venues les Miss !

Samantha : On vient rétablir l'ordre !

Sabrina : et combattre le désordre !

Natacha : et… euh, vous avez pas un truc en -ordre ?

Samantha : Moi j'ai dit le mien !

Sabrina : Pareil !

Natacha : Sympa les filles !

Samantha : Nous sommes les M

Natacha : Nous sommes les I

ça me tourne la tête
On aligne les fûts,
aimes-tu la morue ?
...Alors ?

Pinard Pavot : Je crois que ça m'a fait un bouchon aux oreilles.

Ghislaine : Merci Carlos, mais...

Woldek, *qui entre et sort du placard* : Attendez ! Pawel, je dois te dire que...

Pawel : Ah non ! tu t'arrêtes tout de suite ! Pas de ça avec moi !

Woldek : Pourtant dans les boulevards, il y a toujours un, enfin tu vois quoi... qui...

Pawel : Oui, ben pas cette fois ! C'est réel ici !

Woldek : Ah...

Alain, *même jeu* : Attendez ! Ginette, je t'aime !

Ginette : Oh ! Alain !

Touriste Chinois : Ca ne va jamais s'arrêter !

François Bodriot : Françoise !

Françoise Bodriat : François !

Pauline : Aglaé ?

on apporte un placard

Carlos, *entre et sort du placard* : Mais non Ghislaine ! Moi je vous aime ! Je t'aime !

Pauline : Comment ?

Aglaé : Comment ?

Pawel, *dérobant l'I-Phone* : Excusez-moi, mais il faut que je filme !

Carlos : Ah ! A "Minha Ghislaina" ! "o meu tesouro" !

Voix Google : Oh non, pitié, c'est vraiment trop guimauve !

Ghislaine, *gênée* : Oh ! Carlos !

Carlos : A Minha Ghislaina, quand je vois tes yeux, je suis amoureux, quand j'entends ta voix je suis fou de... mince...

Voix Google : De joie !

Carlos : Ah oui... Ghislaine ! *Il sort un bout de papier de sa poche.* Ça fait des années que je voulais te le lire, enfin j'ose ! *Il s'éclaircit la voix, récitation entre la classe de CP et le mélodrame.*
Tu tiens une grappe
mon coeur dérape
Tu tiens un sécateur,
C'est le bonheur
Dans la cuverie,
on rit !
C'est la mise en bouteilles,
nous ne sommes plus pareils !
On colle des étiquettes,

Ghislaine : Je n'en peux plus de me taire ! Voilà ! Je vous aime... Je t'aime ! Quel est ce cri absurde qui vient fendre le silence de dix années passées à tes côtés ? J'ai maudit ce silence au début, ce léger tressaillement qui me prenait au bas du ventre et cette chaleur qui s'y engouffrait bientôt tout entière. J'ai essayé de la chasser, mais plus je la réprimais, plus elle grandissait. La chaleur était telle qu'elle inondait mon corps et asséchait ma bouche quand je devais te parler. Je me donnais une contenance lorsque tu me regardais, je me rendais populaire auprès des autres pour que tu m'apprécies mieux, mais lorsque ton regard se détournait de moi, j'étais vide et glacée. Je me disais que c'était absurde, mais j'étais jalouse de tout ce que tu appréciais et qui n'était pas moi. J'ai même chéri ce silence ! J'ai réussi à me convaincre, un temps, que le vrai amour, c'était de voir la personne que l'on aime, être heureuse, peu importe les conditions, peu importe avec qui. Mais c'est faux ! Le vrai amour, c'est de sentir sur sa nuque, le souffle chaud de la personne qu'on aime, c'est d'entendre comme la voix de l'être chéri se module et s'adoucit quand elle se glisse au creu de votre oreille !
Mais le poids de la crainte et du qu'en-dira-t-on est si important qu'il vous écrase, il vous empêche de parler et vous rend coupable de penser. Il est facile de dire à quelqu'un qu'on l'aime quand sa joue caresse l'oreiller d'une vie partagée, quand on s'isole à deux dans des jardins dont nous seuls connaissons l'accès, où ces "je t'aime" sont presque futiles à ces deux mains qui se tiennent... Mais lorsque l'amour qu'on éprouve est caché au fond d'un tiroir, dans une boîte vérouillée, qu'on ose à peine ouvrir quand la nuit vient sans horizon, n'est-il pas absurde de le crier aux fantômes de la nuit qui portent tous ton visage, qui m'entourent indifférents et disparaissent quand je voudrais les toucher ! Peux-tu seulement me comprendre ? Pouvez-vous seulement me comprendre, vous qui vous mariez par convenance, pour avoir une maison et être comme les autres ? Vous trouvez quelqu'un dans la masse, et vous vous unissez à lui, pour ne pas être seuls et faire comme les autres ! Votre amour est si matériel et si vain qu'il s'envole au bout de deux ans, consigné par un avocat et un notaire, coup de tampon et au suivant. Mais moi ça fait dix ans que je t'aime et peut-être qu'aujourd'hui, de te le dire en face, je t'aime encore plus fort, ou bien je ne t'aime plus.

Pierrick : Ghislaine !

Pinard Pavot : Bon ben moi je vais y aller !

Radegonde : Je vous raccompagne !

Pinard Pavot : Volontiers !

Pierrick, *toujours figé regard loin* : Restez !

Pinard Pavot : Moi ?

Radegonde : Moi ?

Pierrick, *même jeu, monocorde* **:** Oui ! *Les deux avancent, hésitants.* Je me moque de ce que j'ai vu sur cette vidéo. Je le soupçonne depuis le début. Si ça n'avait pas été avec vous Pinard, je vous rassure, ça aurait été avec un autre. Ce n'est pas vous qu'elle aime, c'est tout ce qui lui permet de fuir ! Elle m'a adulé il y a 20 ans parce que je l'adulais, mais tout ça n'a duré qu'une semaine. La routine s'installe, et c'est fini.

Chan Fu : Bon eh bien nous allons nous en aller !

Pierrick, *tranchant* : Restez ! Nous allons signer les contrats et chacun retourne chez soi.

Ghislaine : Vous ne pouvez pas Pierrick ! Vous ne pouvez pas le faire… Je vous aime !

Pierrick : Comment ?

Carlos : Comment ?

Radegonde : Salope !

Bathilda : Bravo Ghislaine !

Aglaé : Un film d'un grand romantisme s'est tourné, torride !

Pépé Balot : Plus torride que deux tartines de pâté !

Kilian : Installez-vous confortablement messieurs-dames ! Bathilda…

Bathilda, *s'approchant des Chinois* : Tenez, prenez mon I-Phone, appuyez sur play.

Françoise Bodriat : Chouette un film ! J'adore Brigitte Bordeaux !

François Bodriot : Et Alain Melon ! Il porte bien son nom lui ! Gros Melon ! Pff ! ahah !
Tous se penchent sur l'I-Phone. Projection d'un film compromettant mettant en scène Radegonde et Pinard dans la cuisine

Chan Fu : Bravo ! Bravo !

Touriste Chinois : Que c'est bien joué !

Carlos : Ça ne vous choque pas ? Ça s'est vraiment passé !

Chan Fu : Un homme dans une cuisine ? Voyons jeune homme !

Touriste Chinois : Dans quel monde vivez-vous ?

Ghislaine *ayant remarqué que Pierrick est resté figé, passe sa main devant ses yeux, essaie de le secouer* : Pierrick ! Ca va ? Vous m'entendez ?

Bathilda : Papa ! Papa ! On dirait qu'il est ailleurs !

moi !

Voix Google : Pas besoin de traduire ! De toute façon, je peux plus, je crois que le mélange rouge-blanc a tout mélangé mes dictionnaires !
Radegonde suivie de Pinard Pavot "taquin"

Radegonde : Allons, cessez Pinard ! Comme vous êtes ! Un peu de dignité !

Pinard Pavot : Allons ! Faut-il que je m'use à amuser ma muse !
Entrée de Pierrick, suivi des Représentants su Peuple

Pinard Pavot : Ne vous usez pas trop, non ! *Il remarque les vendangeurs.* Qu'est-ce qu'il se passe ici ?

Françoise Bodriat, *éméchée, dans les bras de Bodriot* : Oups ! Ca sent pas bon tout ça !

François Bodriot, *même jeu* : Je dirais même plus, ça sent pas tout ça bon ! Ma chère Dupont !

Pierrick : Allons, expliquez-vous ! Ghislaine ?

Ghislaine : Nous allons vous expliquer... Tous ensemble !

Alain : Nous savons que messieurs les Chinois aiment les films français !

Ginette : Et plus particulièrement ceux avec Alain Delon et Brigitte Bardot !

Carlos : Et nous avons découvert qu'ils s'étaient cachés dans le domaine hier soir !

Pauline : Heureusement qu'une caméra traînait par là !

Bathilda : Oui ?

Kilian : Je t'ai vu toi. Comme une révélation. Tous les jours, je croise des filles superficielles qui ne vivent que dans le regard des autres, oh ! Pas dans celui des garçons, ils sont bien incapables d'apprécier les détails... mais bien dans celui des autres filles... Elles sont en lutte perpétuelle pour être le plus à la mode, elles se jugent entre elles. Le regard des garçons, c'est juste la cerise sur le gâteau... Toi, c'est différent, tu regardes au-delà, tu cherches la sincérité.

Bathilda : Merci. Je suis une fille quand même, jusqu'à preuve du contraire, j'ai des envies de fille, je crois. Mais je suis d'abord humaine et je me pose des questions sur la liberté, ça, ça dépend pas des genres. Pourquoi est-ce qu'il y a des personnes qui grandissent avec cette question et d'autres qui la rangent dans un tiroir ?

Kilian : Je sais pas, mais on va l'ouvrir ce tiroir ! On va retrouver les autres et mettre en place la dernière partie de notre plan ! Vite avant que tes parents remontent !

Bathilda : Merci Kilian ! Emmène des bouteilles, j'en connais à qui ça donne du courage !

Kilian : On va trinquer à la justice ! Et au nouveau domaine !
Rideau

ACTE 4

Scène 1
Tous les vendangeurs sont déjà sur scène - sauf les Miss - regard déterminé, et attendent.
entrée des Chinois suivis de la voix google

Touriste Chinois : Ah, vous m'avez réconcilié avec la France !

Chan Fu : je vous achète tous vos grand-crus ! Je pourrai faire monter les enchères sur E-Bay ! Ah ! Non je suis bête, le domaine est bientôt à

Ghislaine : Je crois que je vais rejoindre les autres, aller prendre ma pause syndicale, j'ai besoin de prendre l'air !

Sabrina : Je vous accompagne, il faut que je vérifie que Samantha ne se soit pas étouffée avec sa moitié de cornichon.
Elles sortent

Bathilda : Kilian, est-ce que je peux te poser une question ?

Kilian : Oui, bien sûr !

Bathilda : Pourquoi est-ce que tu fais tout ça ?

Kilian : Tu sais, mon père m'a envoyé ici parce qu'il disait que je devais m'assumer, que j'étais fainéant... C'est vrai que je suis arrivé ici en traînant des pieds, et je me demandais des fois aussi si j'étais pas vraiment fainéant, quand on te le répète sans arrêt, tu finis par y croire. Faire les vendanges, ça m'intéressait pas, tout ce que mon père me proposait, ça m'intéressait pas. Alors, j'ai aussi fini par croire que je ne m'intéressais à rien. Je me suis souvent isolé dans ma chambre, dans ma bulle. C'était peut-être pas très intéressant, mais au moins c'était mon univers... Et puis, j'ai débarqué ici, j'ai observé tout le monde, et c'est inexplicable, mais j'ai senti la vie. J'ai senti la révolte. Je ne sais pas si c'est la meilleure option pour l'avenir, mais j'ai voulu aider toutes ces personnes qui risquent de perdre quelque chose. J'ai senti cette force en moi, et je me suis dit, je serai capable de ne plus dormir pour préserver ce qu'ils ont. C'est comme une passion qui me guide sur l'instant. En fait, la fainéantise c'est pas un trait de personnalité, c'est juste un manque d'envie.

Bathilda : C'est vrai !

Kilian : Et puis...

Bathilda : Oui, sortez tous, pause syndicale ! Sauf toi Sabrina, on a à parler.

Aglaé : Et nos chèques ?

Kilian : Vous allez les avoir vos chèques, faites nous confiance, un peu de patience !

Restent Ghislaine, Kilian, Bathilda et Sabrina

Ghislaine : Ah Bathilda ! Ton père est un homme, il a ses faiblesses, mais c'est diifficile à dire mais... un matin on se réveille, et on pense à la faiblesse de quelqu'un, et on lui trouve quelque chose d'attendrissant... On voudrait la protéger contre la force des autres, cette faiblessse ! La prendre dans ses bras ! Qu'est-ce que j'éprouve ? Pourquoi je te dis ça, à toi ? Je suis désolée... Je gâche la vie des autres par mes pensées, à vouloir ce que les autres ne veulent pas.

Bathilda : Tu sais, j'aime ma mère, mais elle est comme elle est. J'ai toujours vu que tu soutenais mon père... avec amour... et ça fait longtemps que ça ne va plus trop entre eux. Ca ne me gêne pas que les gens reconstruisent leur vie, tout le monde a le droit au bonheur...

Ghislaine : Le bonheur ? Ne plus souffrir de se taire ?
silence

Kilian : Ne nous taisons plus ! Nous allons récupérer le domaine et ramener Monsieur Bachot à la raison ! Sabrina, tu as bien la vidéo que tu as faite toute à l'heure ?

Sabrina : Pendant les vendanges ? Oui, comme je l'ai dit à Bathilda au téléphone !

Bathilda : Bien ! Et moi j'ai celle d'hier soir ! Nous allons semer la zizanie ! Etre cinéaste, ce n'est pas que filmer le monde, c'est aussi le changer !

Pépé Balot : C'est pas ça, mais j'ai récupéré un bout de fromage pendant le repas, et je sais pas où le mettre !

Natacha : Je crois que je vais vomir !

Samantha : Moi aussi ! Allons prendre l'air, j'ai ma moitié de cornichon sur l'estomac ! *elles sortent.*

Pawel : Voilà Madame Bachot, c'est fait !

Woldek : Oh ! ben ne nous payez pas, on a l'habitude !

Grand Mère : Bravo les p'tits gars ! Ça, c'est l'esprit d'équipe ! Je vais faire mes mélanges, et je vous ramène mon millésime toute à l'heure ! *Elle sort.*

Bathilda, *qui voit Ghislaine pleurer* : Qu'est-ce qu'il t'arrive Ghislaine ?

Pauline : Vrai, c'est la première fois qu'on la voit comme ça, la Ghislaine !

Ghislaine, *qui explose* : J'en ai marre ! J'en ai marre ! Dix ans que je travaille ici ! Dix ans que je me lève tous les matins pour entretenir le domaine ! Autant d'années à gérer une équipe, à subir les sautes d'humeur de l'autre comédienne ratée, tout en essayant de satisfaire au mieux Monsieur Pierrick ! Dix ans qui n'auront servi à rien ! On revend le domaine !

Pawel : Elle en pince pour lui !

Woldek : C'est clair !

Kilian : Sortez, s'il vous plaît ! Sortez tous !

Grand Mère : Moi ? Noooon ! C'est du passé tout ça ! Mais j'ai remarqué que les Chinois aimaient bien les alcools forts, et j'ai peur que nos vins soient un peu fades pour eux ! Je vais aller faire quelques mélanges pour une cuvée spéciale "Chine" !

Carlos : Mais vous allez gâter le vin !

Grand Mère : Ecoute Carlos ! J'ai travaillé ici toute ma vie, si quelqu'un s'y connaît en vin, c'est bien moi !

Aglaé : Ca leur fera pas de mal de s'arracher un peu le gosier !

Pauline : Vrai ! C'est à cause d'eux, après tout, si Monsieur Bachot fait du chantage sur nos chèques !

Kilian : N'y allez pas trop fort sur les doses Madame Bachot, nous avons un plan pour garder le domaine de toute façon !

Bathilda : C'est vrai Grand-Mère !

Grand-Mère : Ah ! Les jeunes ! Des plans, toujours des plans ! Eh ! les Polonais ! Récupérez-donc les bidons qui sont là-bas et emmenez-les de l'autre côté ! Je m'occupe de tout après !

Les Polonais, *révérence et s'éxécutent* : Pologne Service ! Employés à tout faire ! Peinture, transport, et au black si tu préfères ! On y court !

Pépé Balot : Madame Bachot ! Quand est-ce qu'on récupère nos chaussures ?

Grand Mère : Qu'est-ce qu'il se passe Pépé Balot ? T'as froid aux pieds ?

Pierrick, *qui suit le groupe et revient aussitôt s'adressant aux vendangeurs* : Je vous préviens que si vous ne vous comportez pas mieux, vous pouvez dire adieu à votre chèque de vendanges ! Et Vous, Ghislaine, maîtrisez-les ! Vous en êtes responsables, et vous savez toute l'amitié que j'ai pour vous ! Ne me décevez pas ! *Il sort*

Ghislaine : Oui, Monsieur Pierrick.

                                    Scène 6
Entre la Grand-Mère.

La Grand Mère : Ouh ! C'est bien calme ici ! Qu'est-ce qu'elle a la Ghislaine ? On dirait qu'elle va pleurer !

Ghislaine : De rage ! Je n'en peux plus de faire la girouette !

Carlos : On veut nos chèques !

Alain : Et visiter les caves !

Ginette : A bas les privilèges !

La Grand Mère : Oulah ! Calmez-vous les jeunes ! J'ai besoin de bras musclés, j'ai des bidons d'éthanol à transporter ! Au fait, il y a une camionnette encastrée dans le mur devant l'entrée !

Ginette : Alain, t'as encore oublié de mettre le frein à main !

Alain : Ben, j'avais mis le frein à pied, je pensais que c'était suffisant, moi ! C'est asiatique ! c'est pour ça ! On achèterait français, on aurait pas ces problèmes !
Elles sortent.

Bathilda : Qu'est-ce que tu nous mijotes encore ? Tu ne vas pas refaire le coup de l'essence !

Radegonde : Et si nous allions visiter les caves ! Pour déguster quelques vieux millésimes et oublier cet incident !

Pinard Pavot : C'est une très bonne idée Radegonde ! Mais il y fait un peu sombre !

Radegonde : Pas quand vous y êtes Pinard ! Votre lumière éclaire tout !
Alain : Pour une bonne idée, c'est une bonne idée ! Il commençait à faire soif !

Pierrick, *la repoussant* : Non, pas vous ! Vous avez déjà fait assez de bêtises comme ça !

Ginette : Bravo ! c'est toujours les mêmes qui profitent des bons vins ! Et pour nous, les sulfites !

Voix Google : Moi, je vous accompagne, on ne sait jamais, s'il y a besoin d'une traduction ! *Il sort*

Pinard Pavot : Allez-y messieurs les Chinois, *les Chinois sortent.* Radegonde, passez devant moi, j'assure vos arrières !

Radegonde : Comme, vous êtes attentionné Pinard ! Assurez-les plus haut s'il vous plaît ! Nous sommes du monde !

Pinard Pavot : Où avais-je la main ! La tête ! Pardon ! *Ils sortent*

François Bodriot : Allez-y Françoise !

Françoise Bodriat : Non ! Nous entrerons en même temps, j'aime mieux !

François Bodriot : Evidemment, parité et égalité obligent ! *Ils sortent*

Chan Fu : Comment osez-vous ?

Touriste Chinois : Nous sommes humiliés !

Aglaé : Vous n'aimez pas ?

Pauline : Trop compliqué au niveau des paroles peut-être !

Qi : J'avoue que je n'ai pas compris pourquoi on passait de la maison au chapeau aussi rapidement !

Chan Fu : Qi ! S'il te plaît ! Ces insinuations grotesques sur la première puissance du Monde ! Le chapeau, la maison !

Touriste Chinois : Et le petit chien !

Voix Google : C'est profondément raciste, je suis d'accord !

Touriste Chinois : Cette répétition insupportable du "comme ça". Nous avons évolué messieurs !

Chan Fu : Voilà la France sous son vrai jour ! Nous partons messieurs, plus de contrat !

Pierrick : Mais non, restez ! le petit chien n'est pas tout à fait comme ça, il est un peu comme ça aussi.

François Bodriot : Et la maison est bien plus comme ça que comme ça !

Françoise Bodriat : Et le chapeau ! ah ! le chapeau ! Ce n'est pas comme ça, c'est comme ça qu'il est, ils ont très mal interprété la chanson !

Pinard Pavot : C'est un affront !

Françoise Bodriat : scandaleux !

François Bodriot : C'est comme ça que tu leur apprends à se tenir, Pierrick ?

Pierrick : Je n'y suis pour rien !

Chan Fu : L'air est entraînant !

Pierrick : Vous aimez ?

Touriste Chinois : Beaucoup ! Et puis, il faut savoir "sortir des sentiers battus" comme vous dites ! Accepter la critique !

Pierrick : Bien ! continuez messieurs !

Pauline : Avec plaisir !

Aglaé : un autre hymne français ! 1, 2

Les deux :

Si j'etais chinois
j'aurais un p'tit chien comme ça
un p'tit chien comme ça
une maison comme ça
une maison comme ça
un chapeau comme ça
un chapeau comme ça

Pauline : Quel rabat-joie le Carlos !

Aglaé : C'est parce qu'il est jaloux, il sait pas danser !

Françoise Bodriat : Concentrez-vous ! Monsieur FU et son associé sont ici pour entendre du typique !

François Bodriot : Je connais bien une chanson militaire de l'époque où j'étais à Autun…

Pawel : Laissez-nous faire : nous connaissons une chanson traditionnelle, hein Woldek !

Tous : ah !

Woldek : Oui, elle s'intitule : "La Bourguignonne". En place Pawel !
Ils se mettent au garde à vous. Chanson sur l'air de la Marseillaise.

Pawel : Allons enfants de la Bourgogne
le jour de boire est arrivé !
On a déjà soif le midi-euh
et le soir on est tous bourrés (x2)

Woldek : On n'aime pas les vieux champagnes
et surtout pas les bouteilles de Badoit
Gardez vos canettes de Coca,
nous on boit le bon vin de Chassagne !

Les deux : aux caves citoyens !
Sortez vos tire-bouchons ! *(ils sortent des tire-bouchons)*
Buvons, buvons, que l'eau impure
abreuve nos siphons !

Reprise de la chanson en entier par tous les vendangeurs, parodie de défilé militaire.

lorsqu'elle ne l'est pas, elle est jalouse et moche. La femme est donc attribut de son homologue masculin qui se sert d'elle pour luire en société et l'incite à se laisser aller à la vanité de l'élaboration esthétique de son propre corps, condition généralement moins présente dans les classes sociales plus basses où l'attribut travail en corrélation avec l'interdépendance des deux sexes, reste majoritaire. Toujours est-il que dès le plus jeune âge, on favorise aisément des comportements marqués en disant aux filles "que tu es belle !" et aux garçons : "que tu es fort !"

Samantha : T'as dit quoi, là ?

Sabrina : Je sais pas, j'ai pas réfléchi, c'est sorti tout seul !

Bathilda : Mais c'était génial ! Excuse-moi de te dire ça, mais si tu continues à ne pas réfléchir comme ça, je pense qu'on pourra devenir amies !

Samantha : Tu veux devenir Miss à Puligny !

Bathilda : euh… On va d'abord tourner le film, on verra après !

Qi : Vous permettez ? J'ai un petit air en tête !

Kilian : vas-y Qi ! ça peut pas être pire que le Yak qui agonise !

Qi : "Para bailar la bamba, para bailar la bamba se necesita una poca de gracia"
Pauline et Aglaé se mettent à danser n'importe comment.

Carlos : Arrêtez de danser c'est pas une chanson bourguignonne ! Caralho !

Qi : Oui mais à Cuba, ça marche bien !

Sabrina : Qu'est-ce qu'ils ont dit ?

Voix Google : "ça me rappelle un animal de par chez nous - Oui ! un Yak à l'agonie !"

Kilian : Ils ont l'oreille !

Samantha : Non, mais j'hallucine quoi ! Vous y connaissez rien ! Bathilda ! Je vais à l'isoloir !

Bathilda : A l'isoloir ?

Samantha : Oui, Suis-moi et filme ! *Elle s'écarte du groupe, suivie de Bathilda qui traîne des pieds.*
Façon téléréalité : Non mais j'ai été trop choquée quoi ! Ils font genre, ça le fait, m-d-r tout ça, mais en fait ça le fait grave pas quoi ! Je suis trop révoltée, tu vois, j'ai envie de pleurer les larmes de mes yeux ! Parce que Natacha elle a vachement bossé pour en arriver là, tu vois ? C'est trop injuste le monde dans lequel on vit, parce qu'on nous force à être belle et après les gens nous disent qu'on est moches !

Natacha, *qui la rejoint* : Ouais, c'est trop vrai ! Parce que moi je suis belle mais c'est pas de ma faute, c'est comme ça ! Mais faut pas s'en faire parce que, on pourra bientôt mettre du chocolat dans les épinards, mais faut pas mettre la charrette avant les oies... J'ai dans le coeur, cette force qui guide mes pas !

Sabrina, *qui les rejoint* : T'as trop raison ! Mais le vrai problème provient des mécanismes objectifs de domination répétés depuis des siècles tant au niveau social que psychologique ! Les femmes sont confinées dans un rôle de soumission à l'égard de l'homme, et pensent posséder une sorte de pouvoir à travers la séduction, ce qui est complètement illusoire, puisque la valeur-corps est décrétée et fixée par les hommes. Je pense que le problème date de l'époque de l'amour courtois, qui n'est autre qu'une adaptation de la culture byzantine, qui voue à placer la femme dans cette posture de princesse en attente de l'homme "un" et "seul". La femme passive a alors comme unique tâche de se faire belle, et

Alain et Ginette : Ouh ! ouh !

Ghislaine : Arrêtez avec vos "ouhouh", s'il faut pleurnicher et crier fort pour se faire entendre, je vais le faire aussi !

Radegonde, *comme métamorphosée* **:** Merci Pinard, vous êtes trop bon !

Ghislaine : Messieurs, c'est à vous ! Prouvez à nos amis Chinois que la France a un incroyable talent ! Et que les vendangeurs nous chantons avec le coeur, nous !

Natacha : Je peux vous chanter une chanson si vous voulez !

Sabrina : Oh ! oui ! elle a fait les sélections de la Nouvelle Star l'année dernière, elle est super !

Kilian : Et elle est arrivée loin ?

Samantha : Eliminée à la première audition ! Mais c'est parce qu'ils ont pas de sens artistique ! Vas-y Natacha, montre-leur !

Natacha fait des vocalises complètement fausses. Consternation de l'auditoire.

Natacha : Excusez-moi, il faut que je me chauffe la voix !

Kilian : C'est très convaincant ! Mais je pense qu'on n'est pas à la hauteur de ton incroyable talent !

Touriste Chinois, *en chinois* : blablabla

Chan Fu : blablabla

du passé puisque ce soir tout sera revendu…

Ghislaine : nous ferons bientôt tous partie du passé, n'est-ce pas Pierrick ?

Pierrick : Oh ! Ghislaine !

Ghislaine : Mais tant que Madame Bachot peut se donner en spectacle, et que tout le monde est là pour la réconforter, c'est le principal !

Alain et Ginette : Ouh ! ouh !

Voix Google : Merci l'ambiance !

Scène 5

Chan Fu : En fait, nous allons vous laisser, je crois que nous gênons !

Touriste Chinois : Oui, nous sommes visiblement de trop !

François Bodriot : Non ! Non ! Restez ! La fête ne fait que commencer !

Françoise Bodriat : Oui ! Oui ! C'est l'heure des chansons, il y a toujours des chansons dans une Paulée ! Vous ne pouvez pas partir maintenant !

Pinard Pavot : Oui, nous allons bien trouver quelques chanteurs qui vont nous faire découvrir les hymnes de la région ! Venez vous asseoir près de moi Radegonde, je vais vous masser les mains, ça détend !

Pierrick : Vous ne manquez pas de culot, vous !

Ghislaine : Qu'elle aille se faire tripoter celle-là !

Radegonde : S'il me plaît quoi ? Ça te préoccupe maintenant ce qui me plaît ? Ça fait quarante ans que je moisis dans ce village pourri, dans le domaine familial de "Beau Papa", mais il était moche comme ses pieds, celui-là ! Je ne les fais pas mes quarante ans ! Non ! Vous savez pourquoi ? parce que je prends soin de moi ! Je sais bien ce que vous pensez "ah ! elle est snob, celle-là avec ses manières de parisienne alors qu'elle n'a jamais vécu à Paris !". Mais est-ce que vous savez ce que c'est de vivre dans la peau de quelqu'un qu'on n'est pas ?
Changement de ton, presque pour elle-même. Bathilda cesse de filmer, gênée.
Moi, ce que je voulais, c'était être quelqu'un. Pas quelqu'un d'insipide, pas quelqu'un dont on ne se souvient pas. Non. Moi ce que je voulais, c'était emprunter, un instant, un court instant, la vie de toutes ces femmes qui sont mortes d'avoir pleuré d'amour, qui ont levé des armées et battu des tyrans pour sauver leurs enfants. Ces femmes, dont on se dit fièrement : c'était un homme ! Mais quand on est comédienne, et une comédienne ratée comme moi, on n'est que de la poussière de femme. Une imposture. On n'est rien.
Silence

Chan Fu : Bravo ! Quelle interprétation !

Touriste Chinois : Brigitte Bardot n'aurait pas fait mieux ! C'est dans quel film ?

Voix Google : C'est pas dans mes fichiers. Peut-être une nouvelle oeuvre.

Bathilda : Taisez-vous ! Maman ! C'est la première fois que je te vois sincère ! Tu vois, être comédienne, c'est ça aussi, ne pas chercher à faire semblant, mais aller chercher au fond de soi la vérité des choses. Tu sais, tout le monde joue la comédie dans la vie. Le comédien, c'est celui qui ôte son masque pour montrer le mensonge du monde qui l'entoure. Je te préfère comme ça, en tout cas.

Pierrick : Excuse-moi Radegonde... Enfin tes soucis feront bientôt partie

Radegonde : J'aime. Ne pense pas qu'au moment que je t'aime,
Innocente à mes yeux, je m'approuve moi–même,
Ni que du fol amour qui trouble ma raison,
Ma lâche complaisance ait nourri le poison.

Carlos : Non, je crois qu'elle parle de mes filets de morue !

Radegonde : Objet infortuné des vengeances célestes,
Je m'abhorre encor plus que tu ne me détestes.

Pawel : Faudrait savoir !

Woldek : Toujours en train de se contredire les Français !

Radegonde : Ces dieux qui se sont fait une gloire cruelle
De séduire le coeur d'une faible mortelle.

Pierrick : Faible mortelle, faible mortelle, faut le dire vite ! Et c'est quoi ces "je t'aime !" ?

Radegonde, *hystérique* : Cesse de me couper sans arrêt, Pierrick ! C'est de l'art ! Phèdre, ça te parle ? La Grande Phèdre ! Racine ! Ah, non bien sûr ! Sorti de tes vignes il n'y a plus rien ! Tu coupes tes petits raisins, clic-clac, petits raisins par-ci, petits raisins par là, clic-clic-clic des raisins, des raisins, des raisins... des raisins partout ! On est entourés de raisins ! Même quand je rêve, je vois des pieds de vigne ! Quand je mange un rôti, j'ai l'odeur du raisin dans le nez !
Quand je sors, c'est pareil ! "Alors, la récolte de l'année dernière, Madame Bachot ?" "Oh et puis ce temps ! hein ! Madame Bachot !" "Et puis la crise, vous la ressentez, Madame Bachot ?"
Mais oui je la ressens la crise ! Je la fais ma crise ! Ne me regardez pas comme ça tous ! Je vais très bien !

Pierrick : Radegonde, s'il te plaît !

Pinard Pavot : Le terme intempérie peut prêter à confusion. Les néophytes auront tendance à regarder uniquement le ciel. En Bourgogne, il s'agit de l'action du ciel sur la vigne. Depuis quelques années, nous vivons de malchance : Grêles et inondations ravagent notre vignoble. Humidité, maladies, temps instable. Les productions sont en baisse, les prix à la hausse. Mais nos vins continuent d'être reconnus comme exceptionnels, et pour cause ! La terre argilo-calcaire, l'expositon au soleil, le savoir-faire des hommes, avec seulement deux cépages utilisés ! La diversité et la qualité des vins reposent sur cette alchimie subtile que nous nous devons de défendre et de promouvoir. Pour certains, la notion d'intempérie de Bourgogne est assez nouvelle, presque "marketing", mais dans ce monde globalisé où la concurrence est partout, il ne suffit pas d'avoir une renommée, il faut aussi être visible ! Tenez, messieurs-dames, un badge, et une signature ! *distribution généralisée.*

Radegonde : Bravo Pinard ! Bathilda, tu filmes ? C'est le moment !

Bathilda : Oui ! Naturelle, comme tu sais faire... Personne ne te regarde ! Action !

Radegonde, *façon tragédienne :* Oh ! Pinard ! Pinard ! Pourquoi es-tu Pinard ?

Pinard Pavot : Pardon ?

Radegonde : Ah Cruel, tu m'as trop entendue ! Je t'en ai dit assez pour te tirer d'erreur !

Pinard Pavot, *se prêtant au jeu :* Je reconnais le vers dans toute sa splendeur !

Radegonde : Eh Bien connais donc Radegonde sous le ciel qui gronde !

Pépé Balot : Pardon, c'est tout ce pâté, j'ai des gazs !

Bathilda : Grand-Mère qu'est ce que tu vas faire avec ces bouteilles ?

Grand-Mère : Des vases pour y mettre des fleurs ! Pour offrir aux invités !

Kilian : Et nos chaussures ?

Grand-Mère : Vous aviez prévu d'aller faire une randonnée ? A cette heure-ci ?

Kilian : euh non, pas vraiment !

Grand-Mère : Bien, vous les reprendrez en partant alors.

Pierrick : Maman, tu ne manigances rien, au moins ?

Grand-Mère : Voilà, on essaie d'être gentille, et l'ingratitude de son propre fils ! Vous voyez messieurs les Chinois comme on traite les vieilles dames, ici !

Chan Fu : Mais faites donc ! C'est très aimable à vous !

Touriste Chinois : L'hospitalité française ! Merveilleux !

Pierrick : Ah oui ? Mais bien sûr ! eh ! eh ! Allez Bathilda, aide grand-mère, elle va faire de beaux bouquets ! *La grand mère sort et Bathilda reviendra filmer.*

Pinard Pavot : Ehem.

Bodriat-Bodriot, *en choeur* **:** C'est à vous Monsieur Pavot ! *Bodriat et Bodriot se serrent la main, satisfaits.*

Pinard Pavot : Vous allez répéter tout ce que je dis ?

Voix Google : you repeat... C'est à moi que vous parlez ?

Pinard Pavot : Oui ! Taisez-vous ! Personne n'est anglophone ici !

Carlos : C'est dommage, pour une fois que je comprenais l'anglais !

Pinard Pavot : Bon, je reprends ! au patrimoine mondial de l'Unesco...
La Grand Mère entre.

Grand Mère : Vous avez fini vos bouteilles, je peux les prendre ?

Pinard Pavot : Sale vieille !

Grand mère : Oula ! on se calme le parigot ! Aller cul-sec ! J'emmène tout ! Bathilda, aide-moi !

Alain : au mentibus,au ventribus...

Ginette : Et glou et glou !

Pauline Aglaé Carlos : il est des nôtres, il a bu son verre comme les autres, c'est un ivrogne, ça se voit rien qu'à sa trogne !

Chan Fu : Qu'est ce que c'est que ça !

Ghislaine : Oula ! ça se gâte !

Pawel : chassez le naturel !

Woldek : il revient au galop !

Sabrina : allez les filles, kiss ! kiss !

les trois : les miss à Puligny pour la vie ! Ouais !

Pinard Pavot : S'il vous plaît ! Je voulais vous parler des Intempéries

Qi : en tout cas, moi j'ai bien mangé et bien bu !

Pinard Pavot : Mais...

François Bodriot : Laissez parler Monsieur Pavot, il va nous éclairer de sa science !

Pinard Pavot : Merci, donc...

Françoise Bodriat : Vous êtes toujours obligés de diriger, François ! Moi qui pensais que nous commencions à nous entendre ! Parlez Pinard !

Pinard Pavot : *silence.* Les Intempéries... *nouveau silence.* Bien ! donc les Intempéries de Bourgogne

Voix Google : The intemperies of Bourgogne

Pinard Pavot : sont une spécificité

Voix Google : are a specificity

Pinard Pavot : que nous revendiquons au Patrimoine Mondial de l'Unesco

Voix Google : that we renvendique at the patrimoine mondial of the Unesco

Ginette : C'est un raccourci fâcheux !

Alain : L'insolence de la jeunesse !

Chan Fu : Ils ne comprennent rien à Alain Delon !
Touriste Chinois : Il ne s'intéressent à rien !

Scène 4

Pinard Pavot : Vous permettez que je glisse deux mots ?

Bathilda : Oui, mais pas plus !

Radegonde : Sois gentille Bathilda ! Sinon, je refuse de continuer le documentaire sur moi !

Bathilda : Ce serait dommage…

Pinard Pavot : On est sans cesse coupé ! C'est assommant !

Pawel : c'est les jeunes, ça !

Woldek : Ils ne s'intéressent à rien !

Pinard Pavot : Messieurs, je vous en prie ! Je voulais donc vous parler de…

Samantha : Excuse-moi Natacha, je ne le pensais pas pour la bouteille, t'es super belle !

Natacha : toi, aussi, je te love !

Alain : Il faut briser les idées reçues ! Vin rouge avec fromage, crémant en apéritif ! ah ! le poids des stéréotypes !

Sabrina : Par exemple ce vin, qu'est-ce qu'il peut accompagner ?

Ginette : Hmm… Combien coûte-t-il ?

Pierrick : 5 euros !

Ginette : hmm… une pizza fera l'affaire !

Samantha : Et celui-ci ? Eh Natacha ! On dirait qu'ils ont pris ton corps comme patron pour faire la forme des bouteilles !

Natacha : Excuse-moi je suis pas Miss Grappe, moi ! Bitch !

Pauline : Hein ?

Voix Google : C'est de l'anglais, ça veut dire : plage.

Aglaé : Curieux, ces jeunes !

Alain : hmm… Combien coûte-t-il ?

Pierrick : 20 euros à l'export, 30 euros à la propriété. 70 euros dans les restaurants.

Alain : un plat à peine élaboré, noix de Saint-Jacques sur un duvet d'asperges et cuillère de caviar.

Kilian : En fait, l'accord met-vin, c'est une question de prix !

Ginette : C'est ça !

Chan Fu : Incroyable !

Alain : A vous, Ginette !

Ginette : Avec plaisir ! *Elle ferme les yeux*
Alain hésite entre plusieurs bouteilles pour finalement prendre et servir la même.

Ginette : Oh ! Rien à voir ! Un vin graniteux et minéralisant, limite compoté... vendangé à la machine, mais un pneumatique ayant crevé, on a dû changer la roue... Hmm... un Pirelli, c'est ça ! Léger arôme de sous-bois, limite fleur japonaise, Okkaïdo, je dirais. Attendez, cette fleur s'est faite butiner par un papillon, non deux ! Légère acidité en fin de palais, c'est très confondant ! Resservez-moi ! Ah ! Oui ! En fait c'était un Michelin ! Pirelli était en rupture de stock cette année-là ! 2011, Batard-genevrières-Clos-des-Mouches, 17h30.

Alain : 17h32, je crois !

Ginette : Vous devriez vérifier votre montre.

Alain : Je n'en ai pas.

Ginette : Vous faites de cette science objective, un postulat subjectif, c'est regrettable !

Touriste Chinois : Epoustouflant !

Chan Fu : J'ai entendu parler de l'accord met-vin, qu'en est-il ?

Ginette : Ah oui, ça c'est important !

Pierrick : Grand Mère, lâche tes chaussures et apporte du vin !

Grand mère depuis les coulisses : T'es pas paraplégique que je sache ! Viens les chercher toi-même !

Pinard Pavot : Il est temps que je fasse un petit discours sur nos terroirs !

Ginette : Laissez ! Nous allons nous en charger !

Alain : Vrai ! Qui de plus à même d'en parler que des consommateurs réguliers !

Ghislaine : Vous êtes sûres ?

Kilian : Laissez-les faire ! On sent qu'elles s'y connaissent à leur haleine !

Touriste Chinois : Ah ! Le noble vin français ! L'impatience m'envahit !

Alain : Très noble ! Henri IV et Napoléon adoraient le vin de Bourgogne !

Ginette : Tout à fait ! Si vous le voulez bien Alain, nous allons procéder à une dégustation à l'aveugle !

Alain : Vous me ravissez ! Je ferme les yeux !

Ginette : Que pensez-vous de celui-ci ?

Alain : Hmm... un vin d'une grande qualité ! vendangé à la main, si je ne m'abuse, ongles non coupés ! Ca pinote en fin de bouche, ça gamay-ise sur les côtés, ça tonneaute sur les molaires ! Sans hésitation, un givry-echezeaux octobre 1997, 20h12... Non attendez, 20h13 !

Chan Fu : Mais enfin, vous ne donnez pas à boire à vos ouvriers ? Quelles sont donc ces manières ?

Touriste Chinois : Je savais qu'ils manquaient d'éducation !

Ghislaine : Mais si, nous leur donnons à boire ! N'est-ce pas, Carlos !

Carlos : Bien sûr ! Mais le Qi, il est toujours en bout de rang quand on ouvre une bouteille !

Qi : Faut dire qu'avec les mains attachées…

Chan Fu : Comment ça ?

Voix Google : Vous avez pas l'impression d'avoir déjà vécu ça, il y a deux minutes ?

Pawel : Bah les Français, plus ils avancent, plus ils reviennent en arrière !

Woldek : et c'est toujours les mêmes qui trinquent !

Voix Google : qui trinquent ! ahah ! jeu de mots !

Tous : On a compris !

François Bodriot : eh bien justement, nous allons trinquer, n'est-ce pas Pierrick !

Françoise Bodriat : Oui ! oui ! Asseyez-vous mon petit Qi !

pouvoir envisager la signature des contrats !

Radegonde : ah quel homme ! ça me rappelle l'année de notre mariage !

Pinard Pavot : Que vous êtes belle Radegonde quand vous êtes nostalgique !

Radegonde : C'est vrai ! Vous pouvez m'admirer Pinard ! Comme vous êtes du monde, c'est très élégant !

Voix Google : Bon aller, on signe ! Moi j'ai d'autres traductions à faire !

Chan Fu : Quelle Paulée extraordinaire !

Touriste Chinois : j'ai déjà hâte de participer au parc oenotouristique !

Bathilda : Tu n'as pas soif Qi ?

Qi : Si ! très !

Chan Fu : Comment ça, Qi ? On ne te donne pas à boire ici ?

Alain : Pourtant, c'est pas ce qui manque !

Ginette : ah ! de plus en plus ! ça fait longtemps que j'ai pas rempli le tonneau qui est dans mon garage !

Pierrick : Quel tonneau ?

Ginette : Un tonneau ? Qui a parlé de tonneau ?

Pierrick : Mouais…

Pauline : Oui c'est très bien pour un début ! Est-ce que tout le monde peut faire le geste ?
Tout le monde s'éxécute, plus ou moins volontiers.

Carlos : C'est ridicule !

Pépé Balot : Ce sont les bonnes manières !

Ghislaine : Nous montrons à messieurs les Chinois que nous sommes bien éduqués ! N'oublie pas ! Sauce avec ton pain, Carlos ! Mouvement circulaire !

Carlos : caralho !

Pépé Balot, *à Natacha* : Vous ne mangez pas mademoiselle ?

Natacha : Non, je mange pas de viande, je suis végétarienne, je mange que des plantes, et des poulets, parce que...

Pawel et Woldek : parce que c'est bête les poulets !

Samantha : Ça va les deux ! C'est son choix de vie, ok ? Tu filmes Bathilda ?

Bathilda : Oui, tu es parfaite, vous êtes tous parfaits !

Sabrina : Ah ! Moi, j'ai mangé un cornichon, j'ai plus faim !

Natacha : Tu veux pas la moitié du mien ? J'ai pas réussi à le finir.

Scène 3

Pierrick : Bon, puisque nous avons le ventre bien rempli, nous allons

Aglaé : Diantre, où est le pain ?

Pépé Balot : Je ne le vois pas ! Pawel et Woldek, veuillez aller chercher le pain, s'il vous plaît !

Pawel, *révérence* **:** On y court !

Woldek : Combien de baguettes ? *ils sortent et reviennent aussitôt, baguettes en main.*

Aglaé : Quelle question !

Qi : Ah ! Enfin on va manger avec des baguettes ! Pardon, excusez-moi !

Voix Google : Si, si ! très drôle ! Jeu de mots avec les baguettes pour manger !

Tous : On a compris !

Voix Google : Oui, bon ça va ! Débridez-vous un peu !

Chan Fu : Pardon ?

Voix Google : Non, rien !

Aglaé : N'hésitez pas à saucer avec votre pain ! C'est très élégant !

Pauline : Il faut bien travailler son geste ! *Il s'éxécute.* Vous commencez par le centre de l'assiette, comme ceci, et vous finissez par les bords, dans un mouvement circulaire ! *au touriste chinois* Faites-voir !

Touriste Chinois : Comme ceci ?

Aglaé : J'allais le dire ! Qu'il devait être dur de se priver de la sorte ! Mais qu'avez-vous donc là ?

Pauline : dés de viande bovine dans leur sauce Pinot Noir !

Pépé Balot : accompagnés de leurs pommes de sol façon vapeur, s'il vous plaît !

Aglaé : Serait-ce la recette du Chef Loiseau, avec ses carrés de cacao ?

Pauline : Vous êtes bien outrecuidants ! J'aime mieux la traditionnelle !

Pépé Balot : C'est vrai qu'il y a de l'âme dans votre boeuf !

Kilian : N'en faites pas trop non plus !

Pauline : Excusez-moi jeune homme, on ne met pas ses coudes sur la table quand on est éduqué !

Aglaé : Et vous tenez très mal votre fourchette !

Pépé Balot : Et cette façon de se tenir avachi ! Redressez-vous !

Chan Fu : Remarquable !

Touriste chinois : Ah ! la France !

Radegonde : Méconnaissables !

Pauline : Mais où est le pain ?

Pinard Pavot : Je propose de faire un commentaire sur la cuisine bourguignonne ! Fleuron de la gastronomie française !

Aglaé : Laissez, nous nous en chargeons !

Radegonde : Vous êtes sûrs ?

Pauline : Mais oui, Madame Bachot ! Nous autres, nous sommes français et nous maîtrisons le savoir-faire et les bonnes manières ! En place Pépé Balot !

Chan Fu : Merveilleux !

Touriste Chinois : moi qui pensais qu'ils manquaient d'éducation !

Alain : Je demande à voir...

Ginette : Quoi, tu demandes à boire ? Encore ? Tiens, sers-toi !

Pépé Balot : Messieurs, dames, terrine de palmipède !

Pauline : Fameuse !

Aglaé : C'est tout le Périgord qui danse dans cette assiette !

Pépé Balot : Persillade de jambon sur son duvet de cornichons !

Aglaé : Quel croquant !

Pauline : Quand on pense que la persillade de jambon n'était autrefois servie qu'à Pâques !

Scène 2

Qi : ça m'a donné faim tout ça !

Chan Fu : Comment ça ? Tu as faim, Qi ?

Qi : j'ai fini tout mon riz !

Touriste chinois : on ne vous donne pas à manger ici ?

Pierrick : Mais si ! Bien sûr ! N'est-ce pas, Ghislaine ?

Ghislaine : Euh, oui ! n'est-ce pas, Carlos ?

Carlos : On lui a bien proposé ! Mais il ne s'arrête jamais de travailler !

Qi : Avec les mains attachées, c'est moins facile de manger, caramba !

Chan Fu : Comment ?

Voix Google : Je traduis : vous êtes dans la mouise !

François Bodriot : Mais non, il s'agit d'un malentendu ! Asseyez-vous Qi, mon ami !

Françoise Bodriat : Oui, asseyez-vous tous, c'est bien l'heure de manger, Monsieur Bachot ?

Pierrick : Mais certainement ! Aller ! Activez-vous ! En cuisine ! apportez les plats ! Tu filmes Bathilda ? Je suis bien ?

Bathilda : Parfait papa ! Viril, paternaliste ! Tout se passe pour le mieux !

Voix Google : Ah oui ! c'est ça !

Qi, *désignant Pepe Balot* : On dirait que ça vient de par-là…

Ghislaine : Pepe Balot ! Apporte ta chaussure !

Pepe Balot : Voilà madame Thévenin ! *elle secoue la chaussure, il en tombe un bout de fromage.*

Ghislaine : C'est quoi ça ?

Pepe Balot : C'est mon quatre heures, j'ai toujours peur de manquer à manger.

Carlos : Je comprends, moi, je garde toujours quelques filets de morue dans les poches, au cas où ! Quand on est des travailleurs, faut manger ! *Samantha manque de s'évanouir, retenue par ses deux amies.*

Ginette : ah c'était ça l'odeur de poisson pourri dans le camion !

Alain : Excuse-moi Ginette, je te traiterai plus de merlan frit à l'avenir.

Radegonde : Bon, jetez-moi ça, c'est répugnant !

Woldek : Si personne n'en veut, ce serait dommage de gâcher. *Il va pour le manger*

Pawel, *criant* : Arrête ! *plus calme.* Laisse m'en un peu !

Grand-Mère : *paires de chaussures sous les bras :* je vous laisse, j'ai du cirage à faire !
elle sort.

Pierrick : C'est nouveau !

Grand Mère : Non, c'est ancien !

Chan Fu : Laissez-la faire, c'est tellement charmant !

Touriste chinois : et pittoresque !

Pierrick : C'est vrai ? Oui ! oui ! aller ! donnez tous vos chaussures à maman !

Natacha : Moi, ça ne sert à rien, je n'ai pas de lacets !

Samantha : Moi non plus !

Sabrina : tu ne veux surtout pas qu'on voie que tu n'es pas aussi grande que tu en as l'air !

Pauline, *tendant ses chaussures* : Tenez madame !

Aglaé : C'est quoi cette odeur ?

Carlos : Oui, c'est curieux, tout d'un coup !

Radegonde : Pourtant, le plateau de fromage est encore dans la cuisine !

Voix Google : C'est intraduisible, je ne trouve aucun mot qui pourrait rendre la texture olfactive…

Kilian : ça pue. Peut-être ?

Samantha : Et puis elle fait jeune pour une vieille !

Pierrick : Bien, nous allons pouvoir sortir les contrats, enfin d'autres bouteilles !

Alain : voilà une bonne nouvelle !

Ginette : C'est pas moi qui conduis au retour !

Alain : Quel retour ?
Entre la Grand Mère

Touriste Chinois : Bonjour chère madame !

Grand Mère : Vous me prêteriez vos lacets ?

Touriste Chinois : mes lacets ?

Grand Mère : Oui, ne vous embêtez pas, je vais prendre vos chaussures.

Chan Fu : Quelle drôle de coutume !

Grand Mère : les vôtres aussi !

Pierrick : enfin maman, qu'est-ce que tu fabriques ?

Radegonde : ah, je n'en peux plus de celle-là !

Grand Mère : De mon temps, on lavait les lacets et les chaussures de ses hôtes pour prouver notre respect et notre amitié, mais les valeurs se perdent !

Françoise Bodriat : et que le domaine Bachot accueille chaleureusement l'idée du rachat

François Bodriot : pour devenir un parc oenotouristique, divertissant et productif

Françoise Bodriat : car au XXIème siècle, il est toujours possible de regarder un même horizon !

François Bodriot : en nous serrant la main, la crise nous vaincrons !
les deux se prennent dans les bras, triomphants, avant de se raviser, confus.

François Bodriot : Excusez-moi, j'ai été porté par mon enthousiasme !

Françoise Bodriat : Je n'ai fait qu'illustrer notre propos !

Les vendangeurs : bouh ! Vendus !

Ghislaine : calmez-vous ! pas maintenant !

Chan Fu : Bravo ! quel discours !

Bathilda, *qui filme* **:** Magnifique scène de décadence politique, si je n'entre pas à l'Ecole de Lebigle avec ça !

Natacha, *devant la caméra* **:** C'était vraiment trop moderne comme discours, quelle femme !

Sabrina : J'ai pas compris ce qu'elle a dit, mais elle est vraiment trop bien habillée !

Françoise Bodriat : Depuis toujours, la France et la Chine sont des amis qui s'ignorent,

François Bodriot : qui rêvaient de se serrer la main, mais se tournaient le dos,

Françoise Bodriat : votre phrase ne veut rien dire !

François Bodriot : Et la vôtre ?

Françoise Bodriat : des amis qui vivaient trop loin pour comprendre qu'ils possédaient un destin commun,

François Bodriot : comme la source ignore que la mer et elle ne font qu'un !

Plnard Pivot : Joli !

François Bodriot : Merci mon ami !

Pinard Pivot : Mon ami ! *(embrassades dans l'esprit de l'acte 1)*

Françoise Bodriat : Seulement la France est une terre de tradition, et la Chine ne l'est pas moins,

François Bodriot : et toutes deux avancent fièrement portées par le progrès !

Françoise Bodriat : un progrès commun, contre un seul ennemi , la Crise !

François Bodriot : c'est pourquoi nous unissons nos forces !

Chan Fu : Excusez-moi Monsieur,mais ce n'est pas ainsi que l'on s'adresse aux dames !

Touriste Chinois : Il est certain que ce n'est certainement pas ainsi que s'exprime le grand Alain Delon.

Pierrick : Il va tout faire rater...

Ghislaine : Carlos, fais un effort !

Françoise Bodriat : Reprenons-nous, il s'agit d'une mésentente malencontreuse !

François Bodriot : C'est cela même ! Maintenant que nous parlons tous la même langue, je propose que nous levions notre verre à l'unité des peuples !

Pierrick : Un discours François, tu es merveilleux !

François Bodriot : Tu me fais trop d'éloges mon cher Pierrick, eh bien...

Françoise Bodriat : Merci pour ce beau discours ! C'est à mon tour maintenant !

Voix Google : c'est beau l'alternance !

Françoise Bodriat : Concitoyens, concitoyennes, amis, amies, le crise, la crise,

Bathilda : les faux-culs, les faux-culs,

Kilian : tu l'as dit !

Ghislaine : Taisez-vous, vous deux !

Touriste Chinois : Excusez-moi mon bon monsieur, mais je crois avoir déceler une faute dans votre discours !

Pinard Pavot : Impossible !

Touriste Chinois : Et pourtant ! Vous avez dit "ça dénote", il s'agit là d'un fâcheux amalgame !

Pauline : Je comprends rien au chinois, moi !

Natacha : c'est parce que c'est pas écrit pareil !

Chan Fu : En effet ! L'expression correcte est "ça détone" et non "ça dénote" ! détoner : sortir du ton, dénoter, en revanche, signifie "remarquer"

Pawel : Ahah ! Le chinois, il donne des leçons à l'intello !

Woldek : Elle commence bien cette Paulée !

Kilian : Et vous avez appris le français toute à l'heure ?

Bathilda : En lisant des étiquettes ?

Samantha : Je vois pas comment on peut apprendre le français en lisant des étiquettes de premiers culs.

Carlos : De premiers crus, pre-miers crus ! qu'elle est gourde !

Samantha : Non mais !

Touriste Chinois :elles sont faciles ces paroles !

Chan Fu : C'est autre chose que nos chansons !

Voix Google : "elles sont faciles ces paroles, c'est autre chose que nos chansons" Eh ! Mais attendez ! Vous parlez français !

Chan Fu : Oui, nous avons appris toute à l'heure avant de venir !

Touriste Chinois : En lisant les étiquettes sur les bouteilles !

Chan Fu : La tâche fut ardue, vous aurez l'obligeance de pardonner nos erreurs de langage !

Aglaé : Qu'est-ce qu'il a dit ?

Sabrina : J'ai rien compris !

Voix Google : Je sers plus à rien moi !

Pinard Pavot : Des Chinois qui parlent mieux que des Français, ça dénote !

Radegonde : Quelle pensée éclairée, Pinard !

Pierrick : N'est-ce pas !

Ghislaine : Ne vous laissez pas aller à la jalousie Monsieur Pierrick, ça n'en vaut pas la peine !

Alain et Ginette : Ouh ! Ouh !

Pawel : T'étais au courant Qi ?

Qi : No sé nada señor ! Moi je suis venu pour travailler et trouver une femme française ! Je suis un ouvrier, comme vous ! Mais je peux aller moins vite si vous voulez, je peux m'adapter au rythme français !

Carlos : Il faut faire quelque chose pour garder notre emploi et que Monsieur Bachot garde le domaine !

Natacha : Et notre film ?

Kilian : Vous allez avoir le film du siècle… J'ai une idée… ils vont avoir une Paulée bien à la française ! et si vous êtes d'accord, nous saurons apporter l'argument qu'il faut pour convaincre Monsieur Bachot de garder le domaine !

Samantha : Ouah, t'es un bonhomme en fait !

Sabrina : Samantha, tu me prêtes ton téléphone ? J'ai un p'ti coup de fil à passer…Salut Bathilda.
Rideau

ACTE 3
Scène 1
Tout le monde sur scène, sauf la Grand-Mère, banc bourguignon

Tous : lala lala lalalalalère *etc.*

François Bodriot : Je propose que nous laissions nos amis chinois chanter en duo !

Françoise Bodriat : C'est également mon avis !

Voix Google : blablablablabla duo !

Chan Fu et le touriste chinois : lalala *(même rengaine)*

Pawel et Wlodek : Il nous pique notre boulot et nos femmes !

Carlos : Oui bon ! D'abord, c'est quoi ces Chinois ? Et pourquoi vous nous faites jouer la comédie ? Il est où Monsieur Bachot, on veut lui parler !

Samantha : C'est un film sur les Miss à Puligny, ok ? c'est normal qu'il y ait de l'action !

Sabrina : Ouais, vous gâchez tout !

Natacha : Et puis, faire du mal à son prochain c'est mal, Pauvre Qi ! T'as filmé Samantha ?

Samantha : Ouais, t'es super !

Kilian : Non, mais vous délirez, vous voyez pas qu'ils vont vendre le domaine ?

Alain et Ginette : Vendre le domaine ?

Ghislaine : D'accord, d'accord, on se calme. Je n'ai pas envie de jouer la comédie non plus, on n'est pas au théâtre. Monsieur Bachot va revendre le domaine au Chinois, Chan Fu, à l'issue de la Paulée... C'est pour ça qu'on vous demande d'être ce que vous n'êtes pas. Pour leur offrir une image de la France comme ils l'aiment... Mais je ne peux rien faire contre le rachat. Et j'ai travaillé là pendant dix ans, et je sais que Pierrick y perdra beaucoup... pas que moi... le domaine aussi...

Alain : ouh ! on dirait presque une déclaration !

Ginette : ça en a tout l'air !

plus tôt !

La voix : blablabla, mensonge, blablabla, baratin, blablabla.

Chan Fu : ah ! blablabla

Touriste chinois : blablabla

La voix : ah c'est très bien !... Belle mentalité de fonctionnaire !

Alain et Ginette : Il a vraiment dit ça ?

La voix : Qu'est-ce que ça change ?

Chan Fu : blablabla Paulée, blablabla

Touriste Chinois : blabla, *ils sortent.*

La voix : Bien, on se retrouve ce soir à la Paulée !... Bande de nases ! *Il s'enfuit en courant*

Scène 7

Ghislaine : Qu'est-ce que c'est que cette histoire ? Où est Qi ?

Aglaé, *relevant Qi* honteusement : Là !

Qi : Caramba !

Pauline : C'était pas mon idée !

Natacha : les vendanges, c'est so exciting !

Samantha : le chardonnay, c'est mon atout beauté !

Alain et Ginette : "Boire un petit coup c'est agréable !"

Tous : chut !

Le touriste chinois : "bravo !" blablabla !
voix google "bravo, et… "blablabla""

Chan Fu, *contrarié* : Blablabla bla QI ?
la voix google : Qui ?

Chan Fu, *tirant "la voix" des coulisses, qui s'avère être une vraie personne* : Où est Qi ?

La voix : Oh, ça va ! Faudrait penser à mieux prononcer ! Là, c'est plus clair ! "Où est Qi ?"

Ghislaine : Euh ! C'est vrai ça ! Où est Qi ?

Aglaé : Euh, eh bien…

Pauline : oui, en fait…

Kilian : Il est parti !

Pawel : Oui, il était en avance !

Wlodek : Oui, Il avait fini avant tout le monde !

Carlos : Oui, c'est ça ! comme il avait bien travaillé, on l'a laissé partir

Ghislaine : Et nous allons maintenant découvrir le monde merveilleux des vendanges ! *regard inquiet vers les vendangeurs*

- *voix de Google -*

Chan Fu, *l'entrepreneur* : nihao, blablabla Alain Delon blablabla.

Touriste chinois : blablabla, Brigitte Bardot, blablabla

> *voix de google "je suis impatient de voir ces nobles travailleurs qui ressemblent tous à Alain Delon... et moi j'aime beaucoup la purée et Brigitte Bardot" Ghislaine tape sur sa machine pour vérifier qu'elle fonctionne*

Bebet Balot, *à Chan Fu* : Bonjour, tu veux du pâté ? C'est bon le pâté !

-voix de google -

Chan Fu, *d'abord interdit, puis éclat de rire* : blablabla ! blabla pâté ! blablabla "humour français !"

Touriste chinois : blablablabla, blablabla Brigitte Bardot !

-voix de google - "ah ah ah, du pâté comme pour les animaux ! Je reconnais bien là "l'humour français !.... Elle est où Brigitte Bardot ?""

Ghislaine : eh bien ! eheh ! Allez les miss ! Montrez comme vous coupez bien le raisin !
Les miss s'éxécutent, cheveux au vent, on se croirait dans une publicité pour un parfum. Les hommes tentent de les imiter tant bien que mal.

Sabrina : je ne reconnais plus personne quand je "cut" du raisin !

Pawel : C'est vrai ça ! Déjà qu'il nous pique notre boulot !

Wlodek : Ouais ! il nous pique nos femmes maintenant !

Carlos : On va pas se laisser faire ! Vive la République !
Tous se ruent sur le Chinois, jet de grappes de raisin, ligotage, sous le regard des Miss épouvantées qui filment la scène.

Qi : Socorro !

Scène 5
Entrent les chauffeurs, complètement ivres.

Alain : Piouf ! J'ai mal au crâne moi !

Ginette : Ouais excuse-moi, j'ai freiné un peu fort dans la côte ! Mais ils ont rajouté un virage, j'suis sûr !

Alain : Je suis pas sûr que ce soit qu'à cause de ça !

Ginette : Ah oui c'est à cause du soufre ! Ou des sulfites, je sais plus ! J'lui dis toujours à Monsieur Bachot ! Vous mettez trop de sulfites dans votre vin !

Alain : Oulah ! Regarde ! *s'adressant aux vendangeurs* Lâchez-le ! 'Y a Mme Thévenin qui arrive avec des Chinois !

Carlos : Madame Thévenin ! Planquez le Chinois ! 'Faut pas qu'elle le voie comme ça !

Scène 6
Entre Ghislaine, l'entrepreneur chinois et un touriste chinois témoin, système de traduction via I-phone et logiciel type Google translator, voix de robot en coulisse, décalage entre longueur des phrases prononcées et traduites.

Kilian : C'est Qi !

Samantha : Ben lui, là-bas !

Kilian : Oui, il s'appelle Qi ! C'est un chinois cubain qui fait du scooter !

Samantha : Intéressant ! Eh, les filles ! Venez-voir ! Un superbe asiatique qui fait du scooter !

Natacha : Cool ! C'est près des States, l'Asiatie ?

Sabrina, *à Qi* : "Nihao !"

Qi : hola !

Natacha, *à Sabrina* **:** Ouah ! Tu parles l'asiatique !

Sabrina : tu coupes vite dis-donc ! Tu fais quoi après les vendanges ?

Qi : je continue de travailler, et je me marie avec une française !

Samantha : Ah oui ? *commençant à le coller de près*, T'es musclé dis-donc !

Natacha : Et t'as les cheveux soyeux ! C'est quoi ton shampoing ?

Sabrina : Tu lui demandes c'est quoi son shampoing, non mais allô quoi ! Filme, c'est pas mal cette phrase !

Aglaé, *aux autres hommes* : Regardez les gars, il perd pas de temps le Chinois !

Natacha : C'est quoi ? des ciseaux ? On va couper les feuilles ?

Pauline, *qui accourt à son tour* : laissez mesdemoiselles, n'allez pas abîmer vos petits doigts ! Je vais vous montrer !

Aglaé, *qui a récupéré une bouteille de rouge* : c'est plus de ton âge Pauline !

Pauline, *qui taille, tandis que les miss le suivent sans rien faire* : C'est simple, vous écartez les feuilles, vous prenez le sécateur, et vous coupez à la base, en faisant attention de ne pas entailler le pied ! Si vous trouvez des grains de raisin pourris, vous les enlevez avant de les mettre dans le seau ! Et attention à ne pas vous couper vos petits doigts !

Natacha, *qui regarde son dos* : et votre bosse là, c'est à force de vendanger ?

Pauline : C'est pour être plus aérodynamique !

Samantha, *qui s'écarte du groupe pour rejoindre Kilian* : t'es pas très bavard, toi ! Puis, tu vas pas très vite ! Mais j'aime bien les garçons qui prennent leur temps !

Kilian : C'est mon père qui m'oblige à être là ! Il veut que je gagne ma vie comme un homme !

Samantha, *taquine* : et t'as pas envie d'être un homme ?

Kilian, *tout rouge* : Moi, je bosse pour me payer ma playstation ! Le reste, je m'en moque...

Samantha, *vexée* : Super... Et c'est qui lui là-bas ? *désignant le chinois* Il bosse bien lui !

Samantha : Ouah, trop vrai ce que tu dis, tu m'as trop émue quoi !

Pawel, *qui se précipite* : Retourne bosser Bebet Balot ! Excusez-le ! il est pas méchant mais il aime bien le pâté !

Bebet Balot : C'est madame Thévenin, elle nous a dit d'être courtois ! *Il retourne vendanger*

Sabrina, *avec intérêt* : Salut, toi ! C'est mignon ton petit accent, tu t'appelles comment, tu viens d'où ?

Pawel : Pawel, je suis Polonais !

Natacha : Polonais, tu viens de *Polone*... C'est près des States ?

Woldek, *qui accourt* : C'est juste à côté ! Moi aussi je suis de *Polone* !

Qi, *au loin* : Panier !

Pauline, Aglaé et Kilian, *monocorde, comme si c'était la millième fois* : Ta gueule !

Pawel : T'as entendu, Woldek ? Panier, faut que t'y ailles !

Woldek, *s'éloignant irrité* : "Curva !"

Carlos : Bon, les miss, elles vont pas passer la journée à jacasser, caralho ! *Il leur flanque des sécateurs dans les mains,* au boulot les morues !

Sabrina : Il parle de qui là, le hareng ?

Entrent les 3 miss, Samantha, Sabrina, écharpe de Miss Grappe autour du cou, et Natacha, rires potaches.

Samantha, *I-phone à la main* : Les miss à Puligny ! on sourit les filles ! Un petit mot Natacha ?

Natacha : On voit mon bouton ?

Sabrina : Coupe, Samantha, coupe ! Tu peux pas dire ça à l'écran, ça le fait trop pas quoi ! A la rigueur, "on voit mon spot ?", c'est anglais, ça passe !

Natacha : Excuse-moi Sabrina, j'ai pas été élue Miss Grappe, moi ! Vas-y Samantha, on reprend ! ça tourne ? ok ! Salut, moi c'est Natacha, on est à Puligny-Chambertin pour les vendanges, c'est trop fun !

Sabrina : Moi, c'est Sabrina, c'est vraiment une expérience trop forte quoi ! Toute expérience te fait grandir, tu vois ! Et pourquoi pas, trouver le grand amour ?

Samantha : Ouah ! trop vrai ce que tu dis ! Tu m'as trop émue quoi !

Bebet Balot, *s'approche de Sabrina* : Tu veux du pâté ?
Les trois miss, entre peur et dégoût

Samantha : C'est quoi "ça" ?

Bebet Balot : du pâté ?

Samantha : Non, toi ! t'es qui ?

Bebet Balot : Bebet Balot ! *A Natacha,* Tu veux du pâté ?

Natacha : Beurk ! Tu m'as bien vu ? Je suis végétarienne, je mange que des plantes, ok ? Et du poulet, parce que c'est bête les poulets !

Tous : Roh !

Ghislaine : ça suffit ! On vous traite bien ?

Qi : Sí señora !

Ghislaine : Tant mieux ! *Elle se dirige en direction des coulisses, les autres vendangeurs en profitent pour jeter des grappes sur le Chinois.*
Bon, elles font quoi les miss ? Ah, elles arrivent !
Messieurs, vous n'êtes pas sans savoir que Monsieur Bachot, le propriétaire du domaine, communique beaucoup dans les médias depuis quelques temps. Il veut redonner une image positive de la propriété, et pour ce faire, trois demoiselles vont venir "vendanger" avec vous. *Sifflets de l'auditoire.* Je vous demande de bien les accueillir, comme Qi, *elle regarde en direction des coulisses, nouvelles grappes de raisin qui volent en direction du Chinois,*
et surtout de les ménager ! Soyez courtois et éduqués ! elles tourneront un petit film de ce dernier jour de vendanges et seront à la Paulée ce soir ! Montrez-vous sous votre meilleur jour, enfin sous le moins mauvais ! Je vous laisse, je dois aller à la cuverie.
Elle sort.

Carlos : Ah ben voilà le monde moderne !

Aglaé : J'suis sûr que ça sait même pas tenir un sécateur !

Pauline : Faut pas juger avant de connaître !

Woldek : Oh ! Trois françaises, c'est intéressant !

Pawel : Ouais, mais deux polonais !?

Kilian, *ironique* : C'est pas la nationalité qui compte, c'est le physique !

Scène 4

Ghislaine : *à Alain et Ginette,* Eh ! les chauffeurs ! On vous attend au domaine ! Aller au galop ! *Les deux chauffeurs sortent précipitamment tête baissée*
Tout se passe bien, Carlos ?

Carlos : Oh ben madame Thévenin, comme je dis toujours, on fait aller, mais à l'époque avec le Pauline et le Aglaé, on s'en sortait très bien, on respectait la vigne, ça allait vite, tout ça, *caralho !*, mais là maintenant avec les polonais, et les jeunes, là, qui pensent qu'à s'amuser, c'est plus difficile, faut dire !

Pawel : Il croit peut-être qu'on a du coton dans nos hottes le Portugais !

Woldek : Bah, les Français, ça pense toujours au passé, et en plus lui, il est portugais !

Ghislaine : et ça va Qi ?

Tous : qui ?

Ghislaine : Ben Qi !

Bebet Balot : C'est qui qu'est Qi ?

Kilian : Kéki ?

Bebet Balot : Qui ? moi ?

Qi : Non, moi !

Ghislaine : Qi ! Oui !

Bebet Balot : Kiwis ? Après le pâté ?

Qi : No, gracias !

Carlos : Dépêche-toi Kilian, t'es à la traîne !

Kilian : Oh, ça va ! Ils vont pas s'enfuir les raisins !

Qi : Panier !

Pauline, Aglaé et Kilian : Ta gueule !

Pawel, *tendant sa hotte* : aller, on envoie les raisins !

Bebet Balot, *jetant les raisins par dessus tout le monde* : Tenez !

Woldek, *lui renvoyant au visage* : pas comme ça, abruti !

Bebet Balot, *réellement gêné* : Oh pardon !

Alain : calmez-vous y'a Mme Thévenin qui se pointe !

Ginette : Oh puis elle a de ces cernes !

Carlos : On se demande bien où elle a pu passer la nuit !

Qi : Panier !

Aglaé : Je vais l'étrangler !

Scène 3
Entre Ghislaine Thévenin

Woldek : J'en ai même croisés une fois à Varsovie, des touristes français, au milieu d'autres touristes, je les ai entendus dire, "on se sent plus chez nous !" *tous deux rient de bon coeur*

Pawel : Et ils demandent du pain dans les restaurants !

Woldek : et des carafes d'eau !

Pawel : plate !

Carlos : Bon au travail les polacs ! On n'est pas à... à... Budapest là ! *Caralho !*

Kilian, *à part* : Budapest, c'est en Hongrie, crétin.

Carlos : Qu'est-ce qu'il dit le jeune ?

Kilian : rien !

Bebet Balot, *à Pauline et Aglaé* : J'ai du pâté si vous voulez, c'est bon le pâté !

Ginette : Envoie le pâté Bebet Balot, on va vous faire les sandwichs !

Pauline et Aglaé, *en choeur* : notre sauveur !

Alain : Et envoyez la bouteille les deux ! J'ai failli avoir un accident de déshydratation sur la route toute à l'heure !

Carlos : Bon, vous vous activez ! Le chinois, il a déjà cent mètres d'avance sur tout le monde !

Aglaé : Coupez-lui les jambes !

Pauline : Elle a raison l'Aglaé, faut pas être déshydraté quand on travaille. Pourquoi donc que tu parles français d'ailleurs et pas l'chinois ?

Qi : J'ai grandi à Cuba, mon père vendait des scooters sur l'île, mais j'ai fait français seconde langue.

Aglaé : un chinois cubain qui parle français ! Vive la France !

Pauline : Tu causes espagnol alors !

Qi : sí señor !

Carlos : Ecoute-moi bien, euh…

Pauline : Qi !

Carlos, *menaçant* : ouais écoute-moi bien kiki, J'les aime pas bien les espagnols, ils ont voulu envahir *o meu Portugal,* alors maintenant j'vais pas laisser des espagnols qui font des chinois qui habitent à Cuba, venir nous envahir en scooter, ok ?

scène 2
entrée des deux chauffeurs, suivi de deux polonais, de Bebet Balot, "idiot du village" et de Kilian, adolescent fainéant.

1er chauffeur, Ginette : Toujours en train de gueuler Carlos ! T'es bien un porto !

2ème chauffeur, Alain : Ouais bois don' un Porto, ça te calmera ! Bois don' un Porto, elle est bien bonne ! Allez tout le monde descend !

Pawel : Ça, c'est bien les Français ! ils critiquent tout le monde et ils se croient drôles !

Buveur 2 : Et puis après, ben tu l'embrasses ! *(le buveur 1 boit cul-sec.)* Je t'ai pas dit de lui rouler une pelle ! Faut y aller doucement, t'aspires un peu d'air, tu fais tourner le vin dans ta bouche ! profite !

Buveur 1 : Ah pardon, je débute ! *(il s'applique à reproduire le geste du buveur 2 mais finit en gargarismes comme s'il se faisait un bain de bouche, dégoût du buveur 2...)*

Buveur 2, *lui tendant un crachoir :* Et après tu peux cracher ! *(Le buveur 1 avale le vin et crache par terre)* Ouais, bon ,c'est pas gagné !
Rideau

ACTE 2 - Les vignes -
scène 1
tôt le matin, le nouveau vendangeur chinois, Qi, est déjà en train de vendanger. Il chantonne Guantanamera, chanson cubaine. Au vu de la hotte en bout de rang, il est là depuis un bon bout de temps.
Entrent Carlos da Silva, l'ouvrier qui a travaillé au domaine depuis toujours, et Aglaé et Pauline, les deux "dos courbés".

Carlos : non mais regardez-moi ça, les gars ! Encore en train de faire du zèle le bol de riz ! Arrivé hier, et il fait le premier de la classe !

Aglaé : Pose don' ton sécateur mon gars ! T'es tout jaune ! Hein les gars, il est tout jaune ! Eh ! Pauline, sors le p'tit déj !

Pauline : On attend pas les autres ? *Il sort une bouteille de rouge d'un panier.* Mince, j'ai oublié le pâté !

Qi : J'ai du riz si voulez !

Carlos : Tu parles français maintenant ? Non mais du riz au p'ti dèj', vous entendez les gars ? File moi le rouge Aglaé, ça me dégoûte !

Aglaé : aller ! Pose don' ton sécateur le chinois, et bois-y don' un coup !

Ghislaine Thévenin : Je suis chef d'équipe, pas metteuse en scène !

Pierrick : Il faudra bien trouver une solution, gommer les défauts, un minimum... D'ailleurs ma fille Bathilda doit contacter des amies à elles qui correspondront tout à fait au profil souhaité. Tâchez de les ménager ! Je vous accorde toute ma confiance !

Ghislaine Thévenin : Je ferai ce que je peux, mais ça ne va pas être facile ! Au fait, qu'est-ce que vous allez faire une fois le domaine vendu ?

Pierrick : Moi ? Devenir rentier, ne plus penser à tout ça... couler mes vieux jours en bord de mer... Radegonde veut habiter à Paris, elle aura son appartement là-bas, je monterai la voir de temps en temps...

Ghislaine Thévenin : Vous vous rappelez Pierrick, quand nous nous sommes rencontrés il y a onze ans sur l'île d'Oléron, que nous ramassions les huîtres en saisonniers et vous me disiez qu'un jour vous monteriez votre affaire dans l'ostréïculture ! Ca n'est jamais arrivé, et finalement, c'est moi qui vous ai rejoint en Bourgogne...

Pierrick : Ah ! Ghislaine ! Pourquoi avoir accepté ce travail ?
rideau

Les Buveurs - 2 -
Tous deux ont un verre de vin à la main

Buveur 2 : Bon le vin c'est comme une femme... D'abord tu la regardes, tu te dis qu'elle a une belle robe...

Buveur 1 : *faisant tourner son verre.* Et puis, elle danse bien !

Buveur 2 : Alors t'as envie d'aller la voir, tu te rapproches, tu te laisses enivrer par son parfum !

Buveur 1 : Ouah, ben je sais pas ce qu'elle a pris, mais elle a l'haleine du facteur !

mains des Chinois !

Ghislaine Thévenin : Je l'en ai empêchée de justesse, mais par contre... *aux représentants du peuple*, Je n'ai pas pu éviter le coup de chalumeau sur le pare-brise de votre voiture !

François Bodriot : ma voiture de fonction !

Françoise Bodriat : C'est aussi la mienne, je vous signale !
tous deux sortent en courant

Pierrick : Bon Maman, va dans ta chambre, et repose-toi, j'ai besoin de toi pour la Paulée de demain. On reparlera de cet incident plus tard.

La Grand-Mère : Ils ne l'auront pas, ils ne l'auront pas !
elle sort

Scène 7

Pierrick : Merci Ghislaine ! Cela fait dix ans, c'est ça ? que vous veillez au raisin au domaine, et vous nous avez sauvés encore une fois, d'un bien bel embarras ! Comment se passent les vendanges ?

Ghislaine Thévenin : Le groupe de cette année fonctionne bien, et le petit chinois qui est arrivé ce matin s'en sort pas mal. Mais laissez-moi vous dire : ça me désole que demain ce soit sans doute le dernier jour et la dernière fois que nous ferons les vendanges au domaine.

Pierrick : Peut-être pas pour vous ! Vous aurez peut-être votre place dans le parc oenotouristique ! D'ailleurs à ce sujet, l'acheteur Chan-Fu, veut venir voir les vendangeurs demain et participer à la Paulée. Mais aux dires de Pinart Pavot, nos vendangeurs ne font pas assez rêver, il faudrait qu'ils ressemblent plus à Alain Delon et Brigitte Bardot, vous pensez que c'est possible, de les "maîtriser" un peu ?

solution !

Radegonde : Bathilda, ne sois pas désobligeante ! Monsieur Pinart, accompagnez-moi à la cuisine, nous allons mettre de la glace sur cette vilaine blessure !

Pinard Pavot : Vous êtes si bonne, Radegonde ! Ne vous en faites pas, il faut bien que jeunesse se passe ! *Ils sortent tous deux.*

Pierrick : Radegonde ! profites-en pour vérifier qu'il ne manque rien pour la Paulée de demain !

Bathilda : Je vais les rejoindre, j'ai peur que la glace ne fonde rapidement… La température monte vite dans la cuisine… *elle sort*

Scène 6
entrent Ghislaine Thévenin, chef d'équipe, et la grand-mère

Ghislaine Thévenin : Non mais je suis d'accord avec vous Madame Pierrette, mais en arriver à de telles extrémités !

La Grand-Mère : Vendus, vous êtes tous des vendus !

Pierrick : Ghislaine, qu'est-ce qu'il se passe ? Maman ?

Ghislaine Thévenin : Excusez-moi Madame Pierrette… Voilà Monsieur Pierrick, j'ai supris votre mère en train d'essayer de mettre le feu aux vignes du domaine !

La Grand-Mère : Vendus !

Pierrick : Maman ! Tu déraisonnes !

La Grand-Mère : Absolument pas ! Jeune con ! Je préfère voir le domaine de ton père partir en cendres plutôt que de le voir partir aux

Pierrick : Radegonde ! Veux-tu servir ces invités ? Après on s'étonne que le domaine s'écroule mais je dois tout faire tout seul dans cette maison !

Radegonde : Non mais vous entendez comme il me parle Madame euh... "Bodriet" !

Françoise Bodriat : Bodriot ! Non ! Bodriat ! Vous voyez, les lois évoluent mais les moeurs ont la dent dure ! Le tout c'est de ne pas jouer le jeu de la soumission !

François Bodriot : Non contente d'avoir la parité, elle voudrait l'égalité maintenant !

Radegonde : Vous avez raison Madame Bo... laissez-moi vous appeler Françoise ! La soumission est intolérable ! *changement de ton, pour le coup soumise* Monsieur Pavot ! Je vous offre un kir ! Vous devez être exténué après ce si beau poème !

Bathilda, *à part :* Quand la dinde courtise le paon...

Pinard Pavot, *exagérant la douleur du coup de pied :* Ah ! Radegonde ! Vous êtes un océan de douceur ! aïe !

Radegonde : Vous souffrez, Monsieur Pavot ! Vous permettez que je vous appelle Pinard !

Bathilda : Pinard, c'est beau comme prénom ! ici, ça passe tout seul !

François Bodriot : Pinart avec un "t" ! En ancien français, il s'agissait d'une allée de pins !

Françoise Bodriat : Je crois plutôt qu'il s'agissait de l'art de travailler les pins !

Bathilda : L'art de faire des pains ! Je suis plus convaincue par cette

Pierrette : La voiture du jeune ne démarre pas, on va faire des grillades !

Pinard Pavot, *déclamant :* Attention à vous chère madame

car au vu de votre grand âge,
il me vient le mauvais présage
de vous voir brûler par les flammes !

Radegonde : Exquis !

Pierrette : Il se croit malin le parigot ? *elle lui met un coup de pied dans la jambe*

Pinard Pavot : Aïe !

Radegonde : Monsieur Pavot ! Vieille carne !
Pierrette menace sa belle fille avec le chalumeau et sort

Bathilda : Papa, je peux te parler ? *Ils s'écartent du groupe.* Tu sais, j'ai des amies du lycée qui sont presque top models à leur manière. L'une d'entre elles devait participer au concours de Miss Grappe cette semaine. Si je les contacte, on pourrait peut-être les faire travailler exceptionnellement demain.

Pierrick : Ça pourrait être une idée, mais pourquoi accepteraient-elles ? Travailler dans les vignes, c'est loin d'être de la manucure.

Bathilda : Je peux bien leur faire tourner un "autre" documentaire pour mon admission chez Lebigle... Les "miss à Puligny", pour des fans de télé-réalité, ça passe. Je leur promets la célébrité et le tour est joué.

Pierrick : Si tu arrives à les convaincre avec ça ! *Il retourne vers ses invités*

Bathilda : C'est comme si c'était fait. *à part* Et je pourrai peut-être en tirer de bonnes images sur la décadence du monde occidental ! *elle se met à pianoter sur son téléphone.*

Françoise : limpide !

Radegonde : Avec tous ces culs-terreux... Ici nous sommes plus proches de Bienvenue chez les Ch'tis que des Champs Elysées !

Pierrick : N'exagère pas ! Ils parlent et se comportent avec le cœur ! Mais je n'ai pas de Brigitte Bardot au domaine, ça c'est à peu près sûr. Je ne vais quand même pas embaucher des top models pour vendanger !

Pinard Pavot : Eh bien, il faudra faire avec ce que vous avez.. Arrondir les angles... L'entrepreneur chinois en question, un certain Chan Fu, arrive demain, comme vous le savez, avec un touriste témoin. C'est bientôt la fin des vendanges et il veut voir du "typique", participer à la Paulée. Tâchons de lui montrer le meilleur de la France, le contrat en dépend !

Radegonde : Le contrat en dépend ! Pense à moi, Pierrick, ne sois pas égoïste !

Pierrick : Non mais vous vous rendez compte de ce que vous me demandez ?
La grand-mère passe en fond de scène, cette fois-ci un chalumeau à la main, même rengaine...

Pierrette, *pour elle-même :* Vous ne l'aurez pas, vous ne l'aurez pas !

François Bodriot, *voulant lui faire une accolade :* Madame Bachot ! Mon amie !

Pierrette : Bas les pattes, Satan !

Françoise Bodriat : Voilà un féminisme à l'ancienne !

Pierrette : Qu'est-ce qu'elle a la copie ?

Pierrick : Maman ! Excusez-la ! Qu'est-ce que tu fais avec ce chalumeau ?

Pinard Pivot : Comédienne ! Naturellement, vous en avez toute la carrure… Ah oui les acheteurs ! Ce sont des gens très bien, ils m'adorent ! Mais alors, ils ont une image de la France !

François : Naturellement !

Françoise : Cela va sans dire !

Pierrick : Oui eh bien, expliquez-vous !

Pinard Pivot : *à Radegonde* Vous avez déjà visité la Comédie Française ? Non ? Matignon ? Jamais ? *il se reprend.* Ah oui les acheteurs ! Ils ont une image de la France !

Françoise : Je suis d'accord !

François : J'acquiesse !

Pierrick : Crachez le morceau, c'est insoutenable !

Pinard Pivot : Calmez-vous ! Je disais juste qu'ils ont une ima… eh bien qu'ils ont une… une… perception, voilà le terme ! stéréotypée de la France !

Pierrick : Et ?

Pinard Pivot : Eh bien vous savez qu'à terme, le projet est un parc oenotouristique ou des touristes viendraient travailler les vignes. Bien. Le premier problème c'est que l'entrepreneur n'y connaît rien, il n'a vu que des rizières toute sa vie. Avant de signer, il veut voir de ses propres yeux le modèle français, comment se passent les vendanges et la paulée. Le deuxième problème, c'est que la seule image qu'il possède de la France c'est celle que lui ont fourni les films avec Alain Delon et Brigitte Bardot. Il les adore. Si vous voulez vendre, montrez lui ce qu'il attend : Delon et Bardot dans les vignes !

François : Il a raison !

François et Françoise : Madame Bachot !

Radegonde : Bathilda, tu filmes ? Ah ! Monsieur Pinard Pavot, c'est un honneur de vous rencontrer ! Laissez-moi me présenter ! Radegonde Bachot !

Pinard Pavot : Enchanté madame Bachot ! Radegonde dites-vous ? Quel merveilleux prénom ! Attendez l'insipration me vient !

François : Il déclame à la perfection

Françoise : C'est un poète !

Pinard Pavot : Dans ces nobles vignobles bourguignons;
où l'éternité se boit en quelques secondes
le temps s'est arrêté à l'écoute d'un prénom
qui rappelle la faune, on la nomme Radegonde !

François : Brillant !

Françoise : Superbe !
Radegonde : Vous êtes incroyable ! Vous connaissez du monde à Paris ?

Pinard Pivot : Si peu ! une personne à Matignon, j'ai mes entrées à la Comédie Française, mais tout cela n'est que vanité !

Radegonde : Certainement. Nous allons habiter un coquet appartement dans le 16ème avec mon mari . Il est un peu fruste mais vous saurez l'éduquer j'en suis sûre. Quant à moi je suis comédienne !

Pinard Pivot : Ah oui ?

Pierrick : Oui si l'on veut. Et puis aller habiter à Paris, moi... Alors ces acheteurs, vous les avez rencontrés ?

François : Très bien dit ! Enfin pas trop mal. J'aurais pu l'expliquer plus clairement.

Scène 4
Les mêmes, plus le poète Pinard Pavot
François : ah mon ami !

Pinard Pavot : mon ami !
accolades dans l'esprit de la scène précédente

Françoise : Cessez ! c'est assommant à la fin ! *Elle pousse François et serre vigoureusement la main de Pinard Pavot.* Monsieur Pavot, c'est un honneur que de vous rencontrer ! Madame Françoise Bodriat !

Pinard Pavot, *s'adressant à François :* Ah ! tu t'es marié ! félicitations !

Françoise : Bodriat pas Bodriot, c'est mon "pair"

Pinard Pavot : Ah ?

François : Non ! je ne suis pas son père, c'est ma pair... Je t'expliquerai !

Pinard Pavot : Monsieur Pierrick Bachot, c'est un honneur ! J'ai très bien connu votre père Pierre, c'est lui qui m'a donné goût aux belle choses de la terre et qui m' a enseigné la spécificité des "Intempéries de Bourgogne" que je défends vigoureusement à l'UNESCO ! Excusez-moi mademoiselle, mais pour me filmer, vous devez avoir l'autorisation de mon agent !

Pierrick : Laissez... c'est un film sur le modèle paternel ! Bon choix ! Enchanté Monsieur Pavot.

Bathilda : Ne craignez rien. Je vous couperai au montage. Je ne garde que le meilleur.

Scène 5
les mêmes plus Radegonde, entre Hollywood et soirée chez

François : Un disneyland viticole !

Bathilda, *qui s'est remise à filmer :* Alors ils arrêteraient la production de vin ?

Françoise : Non, ils gardent le nom du domaine, vous devenez rentiers, mais ce sont les touristes qui travaillent dans les vignes ! Et qui paient pour travailler !

François : Ils gardent le nom de Bachot, ils vous versent un bon pactole tous les mois et ce sont les touristes qui font les vendanges ! et qui paient pour travailler !

Françoise : C'est ce que je viens de dire !

François : Absolument pas !

Pierrick : Ah mais c'est très bien ça ! Depuis le temps que Radegonde rêve de son appartement à Paris, elle cessera de me casser les pieds comme ça. Quelle bonne nouvelle Madame Bodriot !

Françoise : Bodriat !

Bathilda : Vous n'avez pas peur qu'ils dénaturent la profession ces acheteurs, on dirait presque de l'esclavagisme, non Monsieur Bodriat ?

François : Bodriot ! Bien sûr que non, nous ne sommes plus au XVIIIème siècle ! Les touristes paieront pour leur loisir et aideront à la production, personne ne les fouette ! c'est une économie participative !

Françoise : Nous ne sommes pas sortis de la crise et les grêles ont tout ravagé, il faut vendre et laisser à ceux qui en ont les moyens la possibilité de poursuivre l'activité, dans l'aire du temps. Et le domaine garde le nom de votre père !

Pierrick : Elle prépare son entrée pour l'école de cinéma de Lebigle ! Un film sur le modèle paternel, bon choix, et en toute humilité ! Mais oui c'est vrai, Françoise Badriat, c'est curieux !

François : Une simple coïncidence !

Françoise : Une coïncidence fâcheuse.

Bathilda : ah oui mais quand même ! François Bodriot et vous madame... Françoise Bodriat, n'est-ce pas ? c'est quand même amusant !

Pierrick : Ah oui en effet ! On doit vous confondre des fois, non ?

François : Absolument pas ! Nous n'avons pas les mêmes idées !

Françoise : Rien à voir ! Nos pensées divergent !

Pierrick : Tant que ça ? Mais asseyez-vous ! Bathilda, lâche ton "i-fone" et sers-donc nos chers représentants ! Alors, nos acheteurs viennent demain ? Comment voyez-vous cette affaire ?

François : Eh bien ! ça s'annonce plutôt bien !

Françoise : Je ne suis pas d'accord : c'est plutôt positif !

François : Certes ! Ils sont très intéressés par le rachat du domaine !

Françoise : Disons plutôt qu'ils voient d'un bon oeil le rachat de vos vignes !

François : Ils ont un concept novateur !

Françoise : innovant ! Un parc oenotouristique !

Françoise Bodriat

Françoise Bodriat : Monsieur Bachot, bonjour !

François Bodriot : Cher Pierrick, bonjour !

Pierrick : Ah ! François mon ami !

François : Mon ami !

Pierrick : Mon ami !
embrassades sincères et "mon ami" répétés jusqu'à l'épuisement puis
silence, regard coquin en direction de Mme Bodriat
Ta nouvelle conquête ? Pas mal !

François : Euh non, c'est ma "pair"...

Pierrick : Ta pair ?

François : Oui, ma pair... Depuis que le gouvernement a imposé la parité dans la Région Bourgogne-Rhône-Alpes-Côte d'Azur, ma pair me suit partout.

Françoise : Je vous rappelle que vous êtes mon pair aussi !

Bathilda : Vous êtes sa fille ?

Françoise : Non, c'est mon "pair" pas mon "père". Enchantée Mademoiselle. Madame Françoise Bodriat. Vous filmez ?

Bathilda : Bathilda Bachot. Je fais un documentaire sur mon "père"... dans le sens que vous voulez. Faites comme si je n'étais pas là. Françoise Badriat ! Ah tiens ! c'est curieux !

Bathilda : Pour filmer ta modestie, c'est idéal.
La grand-Mère passe en fond de scène mais cette fois avec des bidons d'essence.

Pierrette, *pour elle-même :* Vous ne l'aurez pas, vous ne l'aurez pas !

Pierrick : Maman, qu'est ce que tu fais ?

Pierrette : Hein ?

Pierrick : Qu'est-ce que tu fais avec ces bidons d'essence ?
Pierrette : Euh... c'est pour un vendangeur, il est en panne.

Pierrick : Lequel ? Dis-lui de venir les chercher lui-même ! Et tu les lui fais payer ! *Il essaie de les lui prendre des mains*

Pierrette : Bas les pattes ! J'y vais moi-même ! Je suis vieille mais pas morte ! Pas encore ! Et pas question de les lui faire payer. Tu ne penses qu'à l'argent, jeune con. *elle sort.*

Pierrick : Maman !

Bathilda, *à part :* Je sais de qui je tiens !

Pierrick : Tu sais Bathilda, je sais qu'avec ton idéologie de facteur, tu es contre ces brassages d'argent et la revente du domaine à des entrepreneurs étrangers, mais que veux-tu, ça me fend le coeur, mais je n'ai plus le choix ! Soit nous revendons, soit nous sombrons avec les vignes ! Grand-Père, paix à son âme, l'aurait compris, mais par contre Grand-Mère ne s'y fait pas, elle est toujours sur mon dos... je me demande si on ne pourrait pas l'offrir en cadeau avec le domaine...

scène 3
Les mêmes; plus les représentants du peuple François Bodriot et

Intempéries de Bourgogne au Patrimoine de l'UNESCO et François est très ami avec lui, et il a pensé qu'il serait un atout pour la vente. Monsieur Pavot devait d'ailleurs rencontrer les acheteurs cet après-midi.

Radegonde : Monsieur Pinard Pavot, le poète ! Il doit connaître énormément de monde à Paris ! Bon l'apéritif est presque prêt, je vais me recoiffer avant son arrivée. Tu veux m'accompagner Bathilda ? Pour ton film ! voir les "coulisses" ?

Bathilda : Vas-y toute seule maman, je vais finir de préparer !
Radegonde sort

Pierrick : Qu'est-ce qui lui prend ? De quel film elle parle ?

Bathilda : Elle pense que je tourne un film sur sa carrière de comédienne.

Pierrick : Elle, comédienne ? *il rit.* La dernière fois qu'elle a eu un rôle, digne de "mon" nom, c'était le jour de notre rencontre, elle avait joué *Les Femmes Savantes* à la salle des fêtes de Savigny-Montrachet ! Elle était encore belle à l'époque, mais elle jouait plus comme une savate que comme une savante ! Mais si ce n'est pas vrai, qu'est-ce que tu filmes ?

Bathilda : Toi !

Pierrick : Ah non, je ne veux pas !

Bathilda : C'est dommage. Je voulais tourner un documentaire sur le modèle paternel, tu sais pour l'admission à mon école de cinéma de Lebigle, je voulais montrer que la modernité n'excluait pas la tradition et les valeurs fortes. Mais je savais que maman n'aimerait pas se sentir dévalorisée, c'est pour ça que je lui ai menti. Tu la connais, elle est un peu vaniteuse.

Pierrick : Très vaniteuse ! Tu as bien fait. Tu fais un film sur moi. C'est très bien ma fille ! C'est un peu modeste un "ifone" pour filmer, non ?

Radegonde : Qu'est-ce que tu dis ?

Bathilda : Je dis que tu prépares tellement bien le salon pour l'apéritif de Papa qu'on se croirait dans une maison de poupées !

Radegonde : Le goût, on l'a ou on ne l'a pas !

Bathilda, *à part :* Malheureusement, pour la jeune Radegonde Bachot, son talent d'actrice n'est pas du goût de tout le monde et ne dépasse pas les salles des fêtes du canton. Son égo, en revanche, pourrait faire le tour de la terre…

Radegonde : Pardon ?

Bathilda : Je disais que papa a dû aller faire un tour sur ses terres !

Radegonde : Oui, certainement ! Demain c'est le dernier jour de vendanges, demain soir la fête des Cul-Terreux, enfin la Paulée, et c'est surtout demain qu'il doit signer l'acte de vente du domaine, enfin ! Je ne sais même plus à qui, mais Monsieur Bodriot, le représentant du peuple, doit venir nous en parler toute à l'heure.

Bathilda : A la bonne heure !

Scène 2

entre le père, avec précipitation

Pierrick : Alors, femmes ! tout est prêt ? Bathilda, veux -tu lâcher ton *i-fone* ? *(il prononce à la française)* J'ai vu la voiture de François dans la cour, et Monsieur Pavot ne devrait pas tarder.

Radegonde : Monsieur Pavot aussi sera là ?

Pierrick : Oui, il était de passage dans la région pour la défense des

C'est de pire en pire avec ta grand-mère. Elle débloque complètement !

Bathilda : Elle a la protestation dans le sang. *à part* Et c'est pour ça que je l'aime bien, elle.
à sa mère C'est dommage que tu ne veuilles pas que je te filme. Je prépare un documentaire sur les comédiennes de talent qui évoluent en Province et que je voudrais présenter pour mon admission à l'école de cinéma de Lebigle, et j'avais pensé, au vu de ton succès, que tu étais le sujet idéal !

Radegonde : Ah ! C'est vrai ? Mais ça ne va pas marcher !

Bathilda : Si ! Je pense que tu es réellement à la hauteur !

Radegonde : Je ne parle pas de moi ! Mais filmer avec ce machin ! Je ne suis même pas coiffée !

Bathilda : Justement ! Avec mon machin, je montre tes qualités à l'état brut, car l'art c'est la vie, et ta vie est un art !

Radegonde : Ah oui ! C'est très juste ma fille ! C'est très juste ! Eh bien, filme, ne te prive pas ! Si ça peut t'aider pour ton admission ! Qu'est-ce que je dois faire ?

Bathilda : Sois toi-même ! Ce sera parfait !

Radegonde : Naturellement ! *La mère prépare un apéritif, kir, gougères... en se mouvant comme si elle était dans un film hollywoodien dont elle serait l'actrice principale... suivie de Bathilda, Smartphone à la main.*

Bathilda, *à part :* Premier spécimen observé : Radegonde Bachot, ma mère. Native du village, de parents vignerons. Très jeune, rêve d'être actrice et rejoue des scènes de films de Marilyn Monroe, mais avec ses poupées dans sa chambre...

vivre ta vie en répondant seulement à tes pulsions, ou tu peux essayer de la dépasser et la transformer en art !
(rideau)

Acte I

intérieur d'une maison bourguignonne bourgeoise
scène 1

Bathilda, *seule, se filmant avec un Smartphone :* Camarades du web, l'heure est venue de vous montrer la décadence du monde occidental, à travers un quotidien sinistre et profondément inégalitaire, celui de la famille Bachot. Je me prénomme Bathilda, et voilà dix-huit ans que je subis le joug paradoxal, patriarcal, réactionnaire et neo-libéral de mes oppresseurs héréditaires. Loin de vouloir m'apitoyer sur mon sort, je m'adresse à vous car demain, une page se tournera pour le village de Puligny-Chambertin. Le domaine familial sera cédé à... *entre la mère,* ma mère !

Radegonde : Bathilda ! toujours accrochée à ton téléphone ! Tu sais que papa attend des personnes importantes et qu'il nous a demandé de préparer un apéritif digne de "son" nom ! Ah ! que je suis heureuse ! La crise et la grêle ont quand même du bon ! Ton père s'est enfin décidé à vendre ! Qu'est-ce que tu filmes ?

Bathilda : toi !

Radegonde : Ah non ! je ne veux pas !
Apparaît la Grand Mère qui entre d'un côté de la scène et ressort de l'autre, le temps de l'échange avec sa belle-fille et sa fille.

Bathilda : Grand mère, ça va ?

Radegonde : Qu'est-ce que vous faites Pierrette ?

Pierrette : Vous ne l'aurez pas, vous m'entendez ? Vous ne l'aurez pas !
elle sort.

Radegonde : Et qu'est-ce que nous n'aurons pas Pierrette ? *à sa fille*